さいえんす？

東野圭吾

角川文庫
14056

さいえんす?

目次

疑似コミュニケーションの罠《わな》（1）

何かの出来事に対する他人の意見を知りたい時など、インターネット上の掲示板をよく見る。たとえば現在の最大の関心事は、果たしていつになったらゲレンデに雪が降り積もるのか、ということなのだが、他のスキーヤーやスノーボーダーたちが、この雪不足にどう対応しているのか、掲示板を覗《のぞ》けばよくわかるのだ。結論からいえば、「みんな困っている」ということで、そんな当たり前のことを知ってどうするのかと訊《き》かれれば返答しようがないのだが、とにかくパソコンの前に座っているだけで他人の考えなどをリアルタイムに知ることができるというのはすごいことである。

しかしこの掲示板、「北海道も今年は雪が少ないです。せっかく新しい板を買ったのに、残念です」なんていう呑気《のんき》なものばかりではない。悪意に満ちた、誹謗《ひぼう》中傷と断じていいような書き込みも幅を利かせている。芸能ネタやスポーツ関連の掲示板がその代表格だ。

その芸能人やスポーツ選手本人が読んだら、気を悪くするどころか激怒しかねないようなものも少なくない。そうした書き込みをする人間は半ば常習犯化していて、様々な掲示板を違うハンドルネームを使って渡り歩いているらしい。正常な参加者からはネット荒らしと呼ばれているようだ。

私は今では読むだけだが、十年近く前に一度だけ、某推理ドラマのファンたちが作る掲示板に参加したことがある。ドラマが終わった後、今日の出来はどうだったかとか、あのトリックはおかしいとか、感想を述べ合うのだ。最初は面白かったが、すぐに撤退した。参加者の間で、ドラマとは関係のない、奇妙な激論が始まったからだ。相手を貶《おとし》めるために放たれる言葉の数々は、当事者でなくても読んでいて不快になる。

身分も名前も隠せるというのは、ネットを使ったコミュニケーションの特徴だ。その弊害については、ネットが確立し始めた頃からいわれ続けてきた。しかしこれといった対策はなく、基本的には各個人の良心と常識に任せるしかないという実状だ。ではその「良心と常識」をいかに養うのか。

インターネットは、個人が世界とコミュニケーションをとれる道を拓《ひら》いたといわれる。たしかに情報は得られるし、各自が世界に情報発信することも可能だ。しかし行き来しているのは所詮《しょせん》電子データにすぎない。そんなもののやりとりが、本当にコミュニケーションだろうか。そんなコミュニケーションで、人と接する上で必要な「良心や常識」といったものが養われるだろうか。

出会い系サイトの入会者の男女比は九：一だといわれる。つまり殆《ほとん》どが男だということだ。これでは事実上「出会い」は成立せず、当然入会している意味はなくなる。そのままだと男性会員もやめてしまうので、主催者側はアルバイトを雇う。かつて、ねるとんパーティなどに、コンパニオンガールたちが雇われて参加していたのと同じである。しかしパーティと違って顔を出さなくていい出会い系サイトでは、バイト嬢が美人である必要はない。いやそれどころか、女性である必要すらない。

『地方から上京したばかりの19歳専門学校生です。遊びのこと、いろいろ教えてほしいな。ジャニーズ系男子希望。ちょっとおじさんでも、元ジャニーズ系ならアリ』

こんなことを書いている本人がじつはおじさん、というのが現実なのだ。アルバイトでなくても、女子高生と親しくなるために女性のふりをして出会い系サイトに参加していた男性が、じつは先方も男だったと知り、激怒して相手を脅迫したという事件も起きている。

正直いって私には、見ず知らずの人間から送られてくる文章を鵜呑《うの》みにする神経が理解できない。携帯電話やパソコンは嘘をつかないが、それを使う人間が嘘をつく可能性は大いにあるということが、なぜわからないのだろうか。

「そうはいっても、実際に出会い系サイトで知り合ったというケースもあるじゃないか」という声が聞こえてきそうだ。たしかにそのとおりだ。しかし私が、「出会い系サイトで知り合った」というフレーズを耳にするのは、例外なく何らかの事件が起きた時である。事実、出会い系サイトに関連した刑事事件は激増している。私はその主因は、生身の人間とコミュニケーションをとる訓練を怠ったツケ、と見ている。


心理学でパーソナルゾーンという言葉がある。これはいうなれば、自分の心理的領地エリアということになる。通常、この範囲内に他人が入ってくると、人は緊張を覚えるという。で、このパーソナルゾーンの広さが、男性と女性では全く違うらしい。男性の場合は一メートルから二メートルもあるのに対して、女性の場合は数十センチもないそうだ。これはどういうことを意味するかというと、男性は少しそばに寄ってきただけで相手を意識するが、女性は無頓着《むとんちゃく》ということになる。やくざや不良少年が肩を揺すって歩くのも、パーソナルゾーンに他人が入るのを牽制《けんせい》するためだといわれている。

パーティ会場などで、男性は隣に女性が来ると、必要以上に意識をする。自分のそばに来たからには、何らかの意思があるのではないか（＝自分に気があるのではないか）と考えてしまうのだ。しかし無論女性には何の気もない。というより、女性としては、男性に近づいたという意識すらないのだ。両者のパーソナルゾーンの広さの違いが、こうした食い違いを生じさせることになる。これは大抵の男性に当てはまることで、恥をかいた経験のある男性読者も多いはずだ。私だってそうである。しかしそうした経験を何度か積むうちに、徐々に女性との距離感が摑《つか》めるようになってくる。

大事なことは、生身の女性と接しなければ、こういう学習はできないという点だ。携帯電話やパソコンを通じての交際では、パーソナルゾーンという概念自体が存在しない。

他人との距離感を摑めなければ、どんなことになるか。

たとえばそんな男性が電車の中で座っているとする。そこへ綺麗《きれい》な若い女性が乗ってきて、彼の隣に座った。もちろん二人は他人である。しかしこの時点ですでに誤解の芽は出始める。彼は、彼女が自分の横に来たことに深い意味を見つけだそうとする。やがて彼女が居眠りを始め、彼のほうにもたれかかる。こうなれば、彼の思考は一点に向かって暴走する。彼女は自分のことを好きなのだと思い込んでしまう。見ず知らずの仲だという事実は、歯止めにはならない。彼自身が見ず知らずの彼女に恋をしたのだから、その逆もあると信じて疑わない。

やがて彼は彼女を執拗《しつよう》に追うようになる。つまりストーカーへと変貌《へんぼう》していく。彼女にしてみれば全くわけがわからない。電車の中でもたれかかった程度のことで、なぜつきまとわれるのか理解できない。

これは誇張した話ではない。同様のケースでストーカー被害に遭っている女性が少なくないのだ。

たまたま隣り合わせたというだけでも、そんな危険を招くおそれがあるのだ。ましてや、出会い系サイトで知り合い、多少なりとも会話（メールでだが）を交わした実績があるとなれば、いざ実際に会った時、男性が距離感を全く無視した言動に出るのは自明である。また女性の側にも、危険を察知する能力が養われていなかったりする。結果として、悲劇的な事件に繋《つな》がってしまうことは大いに予想できる。

生身の人間とコミュニケーションをとる訓練の場は、人間社会にとって不可欠だ。だが周りを見渡した時、そんな機会が驚くほど奪われていることに気づき、愕然《がくぜん》としてしまう。

そしてそんな世の中を作ったのは、ほかでもない、我々大人たちなのだ。

紙面が尽きたので、次回もこのテーマで。

（「ダイヤモンドＬＯＯＰ」〇四年二月号）

疑似コミュニケーションの罠《わな》（2）

ＭＨＣという名称を耳にしたことのある人は少なくないかもしれない。一時、テレビなどでも取り上げられたからだ。日本語では、主要組織適合性複合体ということになる。白血球などにあるタンパク質を作る遺伝子の複合体だ。このＭＨＣは何万通り、もしくはそれ以上の種類があり、人によってタイプが必ず違うといっても過言ではない。

違うとはいっても、似ている場合と、まるっきり似ていない場合がある。で、肝心なのはその類似性で、人は自分とＭＨＣタイプの似ていない異性に惹《ひ》かれるらしい。いわゆる、生理的に好む、ということだ。なぜそうなるのかというと、ＭＨＣのタイプによって病気などに対する免疫力の質も変わるので、自分と違うタイプの相手と結ばれたほうが、子孫の免疫力がバラエティに富むからだと考えられている。つまり、優秀な子孫を残したいという本能の成せる技なのだ。そんなことからこのＭＨＣは、恋愛遺伝子と呼ばれる場合もある。詳しいことはまだよくわかっていないようだが、一種の「匂い」によって、我々はMHCを嗅《か》ぎ分けているそうだ。

もちろん本物の恋愛関係になるには、もっと複雑な心理的メカニズムがあるのだろうが、本能が求め合うという要素があるのなら、それは無視できない。これから恋人を見つけたいという人は、どんどん異性と接触して、MHCを嗅ぐべきである。もっとも、嗅ぐといっても「匂い」として意識するわけではないそうなので、「おっ、俺と違うMHCだ」と気づくことはないらしいから、結局のところ今まで通り、インスピレーションに頼るということになってしまうのだが。

恋愛にかぎらず、日常生活において、生理的あるいは本能的に、「あっ、この人とは合いそうだ」とか「この人、ちょっと苦手だな」と感じることはよくある。相手が決して悪い人間ではないとわかっていても、何となく自分は受け付けられない、というケースだ。これを読んでいる人も、そんな経験は少なからずあると思う。

つまり、初対面だからといって、常にゼロからのスタートとはかぎらないのだ。プラスイメージからのスタートだと幸運だが、マイナスイメージから始めねばならないことだって多々ある。そのことを理不尽だと不平をいっても仕方がない。また、マイナスイメージの相手を避けていては正常な人間関係を築けない。マイナスならマイナスなりに、お互いが努力をすればいいのだ。肝心なことは、相手に合わせて臨機応変の対応が求められるということだ。

ではその対応力はどのようにして身につければいいのか。それは、前回パーソナルゾーンを例に挙げた時にも述べたが、数多くの生身の人間と付き合う以外に道はない。数多くの人と交わり、失敗することでしか学べない。失敗には苦痛が伴う。しかし、だからこそトレーニングになる。

かつて、この失敗と苦痛は避けがたいものだった。他人と関わることなく生きていくことは不可能だからだ。ところが人間は、何とかそれを避けられないものかと模索し始めた。そのルーツはおそらく手紙ではないかと思われる。本来は、離れたところにいる相手に意図を伝えるという目的から確立された通信手段だが、面と向かっては話しにくい内容でも比較的伝えやすくなる、という側面を持っているのは事実だ。だが、手紙を書くにはかなりの労力と気遣いを要する。コミュニケーション術を十分に身につけた人間でなければ、目的を果たす手紙はなかなか書けないものだ。また、リアルタイムで意図を伝えられない、相手の反応をすぐには知り得ない、などの欠点も持っている。

その点、電話は画期的なツールだ。手紙に比べて労力は格段に少なくて済むし、簡潔に意図を伝えるための文章をあれこれと考えなくていい。用件を果たした後は、受話器を置くだけで、相手との交信は断つことができる。

それでも人間関係を大事にしようとすれば、電話をかけることにさえも様々な気遣いが求められる。電話をかけるタイミング、言葉遣い、目的の相手を電話口に出させる技術、用件の切り出し方、話の切りあげ方――気をつけるべきことは山ほどある。新入社員が電話の応対を教育されるのも、失敗する危険性がそれだけ高いからだ。

ファクスの登場は、「相手のことを気遣わねばならない」という電話の宿命を、かなり解消してくれた。いつ送ってもいいし、面倒なやりとりをすることなく、用件だけを伝えられる。欠点は、相手の返答を即座には得られないことだ。この点は手紙と同様である。

そこで携帯電話と電子メールだ。この両者によって人間は、他人と交流を持とうとする際に発生するおそれのある失敗と苦痛を、かなりの部分、回避できるようになった。

たとえば携帯電話は、相手の居場所を考える必要をなくした。また目的の相手を電話口に出させる技術を不要にした。私などは若い頃、クラスの好きな女の子の家に電話をかける時には緊張したものだ。本人が出てくれればいいが、家族、特に父親が出たらどうしようと不安に駆られながら電話をかけた。そして不運にも父親らしき人物の声が聞こえた時には、必死で好印象を持たれようと苦労した。現在、そんなことをしている若者は皆無だろう。

用件を曖昧《あいまい》なまま保留にできる、というのも携帯電話の特徴だ。たとえば待ち合わせの場所を決める時など、「じゃあ渋谷駅で二時にね。着いたらケータイにかけて」で済んでしまう。人の大勢集まるところで待ち合わせをする際には、場所や目印を決めておくのがかつてのセオリーだったが、今や、「その時の状況に合わせて」というのがふつうなのだ。臨機応変に対応できるといえば聞こえはいいが、逆にいうとケータイ任せ、きちんと事前に計画を立てる能力を失っているともいえるのだ。

それでも携帯電話には、リアルタイムで相手とやりとりしなければならないという煩わしさがある。それを解消してくれるのがメールで、自分の伝えたいことだけを好きな時に好きな場所から送ることができる。この両者を使いこなすことで、人々は相手のことを気遣う必要なく、自分の都合だけで情報をやりとりすることが可能になったのだ。

生身の人間と関われば傷つくこともある。それを避けたいというニーズは常にある。それに応《こた》えた商品は、たしかに売れるだろう。しかし、相手のことを気遣わなくてもいいというのでは、もはやその行為はコミュニケーションと呼べないのではないか。そんなことをいくら繰り返しても、人との関わり方をトレーニングすることにはならないと思う。

少し翳《かげ》りを見せているとはいえ、コンピュータゲームの人気は相変わらず高い。面白いという以外に、生身の人間と競わなくてもいいという気楽さが受けているように感じる。その証拠に最近では、友達とゲームをして遊ぶといっても、一つのゲームで競うのではなく、それぞれが別々のゲームをコンピュータ相手に楽しんでいるだけ、という子供が増えているらしい。勝った負けたで生じる気まずい空気を避けたいという思いが、そうした現象となって出ているのではないか。

そんな子供が大人になった時、果たして健全な人間関係を形成できるだろうか。人生というゲームを生き抜いていけるだろうか。コンピュータと違い、現実の人間の中には、イカサマをする者もいるし、負ければキレる者だっているのだ。

携帯電話やインターネットはたしかに便利だ。しかし生身の人間同士のコミュニケーションが確立されているという前提があった上で、補助的に使用されるものだということを忘れてはならない。間違っても、「新しいコミュニケーション」などという表現を使ってはならない。

（「ダイヤモンドLOOP」〇四年三月号）

科学技術はミステリを変えたか

科学技術の進歩によって文学がどのように変わったか、というテーマでエッセイを書こうと思ったが、それではあまりに荷が重いので、「文学」を「ミステリ」に置き換えることにする。よく考えてみたら、デビュー以来十七年、文学性なんてものを意識したことは殆《ほとん》どないのだ。それらしき言葉を口にしたことはあるが、じつはその本当の意味がよくわかっていない、というのが実状である。

さて科学技術の進歩でミステリはどのように変わったか。これはもう、とてつもなく変わってしまったことはまず間違いない。その代表格が携帯電話の普及だ。

たとえばある人里離れた場所で男性の死体が発見されたとする。後頭部を強打した痕《あと》があり、死因はそれによる脳内出血と判断された。他殺かどうかはわからない。ところが警察の捜査により、死んだ男性が、発見される約十分前に電話をかけていたことがわかる。

電話の相手は彼の妻であり、彼女によれば、たしかに夫の声に間違いないということだった。だが死体の見つかった場所から電話のあるところまでは、どんなに急いでも一時間以上はかかるのだ。では彼は一体どうやって妻に電話をかけたのか――。

少し前のミステリ小説では、これだけでも十分に読者を引きつける謎として通用した。刑事あるいは探偵役は、この一見不可能な状況を説明すべく、あらゆる発想の転換を試みるのだ。

しかし現在ではどうだろうか。先の状況を不思議と考える読者は殆どいないと断言できるのではないか。捜査に当たった刑事たちは、何の迷いもなく携帯電話を探すだろう。また、それをしなくては読者も納得しない。携帯電話が見つからなければ、それは第三者が持ち去ったと刑事たちは(同時に読者も)判断する。そこには何の不可能趣味も存在しえない。

簡単な例を挙げたが、古今電話を使ったトリックは多い。だがそれらの大部分が、携帯電話の登場によって意味をなさなくなったのは事実である。無論、それによって作品の価値が下がるわけではない。しかしそうしたトリックを用いた小説を現在の読者が楽しむ場合には、書かれた時代を考慮する必要がある。

同様のことがカメラについてもいえるだろう。電話と同様、写真のトリックを使った作品も数多く存在する。だがそれらはすべて従来型のカメラ、つまりフィルムを使用する方式のものだ。代表的なパターンとしては、容疑者と目される人物が、アリバイを主張するため、犯行現場からはるか離れた場所に自分がいる写真を出してくる、というものがある。写真には正確な日付や時刻を示すものも写っており、その写真を信ずるかぎり、その人物には犯行は不可能、というわけだ。探偵役は何らかのトリックが隠されていると考え、それを暴くために知恵を絞ることになる。

しかし今後はそうしたトリックを仮に思いついたとしても、小説には使えなくなるかもしれない。そこにはデジタルカメラの普及が絡んでいる。フィルム式のカメラがなくなることはないだろう。だが人々が手軽に使うカメラとしてはデジタル式のほうが一般的となった場合、写真をアリバイ工作に使うという発想自体、読者に受け入れられにくくなるおそれがある。コンピュータによる画像加工技術が進んでいる昨今、デジタル写真に果たして証拠能力があるか、という点でまず疑問が生じる。フィルム式の写真なら大丈夫なわけだが、「今時一般人がそんなタイプのカメラを使うかな」と読者が不自然さを感じてしまったらアウトだ。作品はリアリティを失ってしまう。

ミステリに影響を与えているのは、電話やカメラといった小物ばかりではない。たとえば交通機関の発達なども、ミステリにとって無視できない出来事だ。

A地点からB地点まで行こうとした時、電車をどんなに効率よく乗り継いでも五時間以上かかるとする。ある作家は素晴らしいトリックを思いついた。そのトリックを使えば、A地点で被害者を殺した犯人が四時間後にB地点にいる、という状況を作りだせるのだ。作家は喜び勇んで執筆にとりかかる。これが本になったら読者は驚くぞ、と胸を躍らせながらキーボードを叩《たた》く（あるいは万年筆で原稿用紙を埋めていく）。だがまさにあとわずかで完成という時になり、衝撃的なニュースが飛び込んできた。それは、新路線の開通によってA地点とB地点の間が片道三時間で行き来できる、というものだった。そのニュースを目にした作家は、泣く泣く自分の原稿をボツにするしかない。

科学技術の進歩は、ミステリのトリック面だけに影響しているのではない。むしろそれは小さいといえる。本当に大きく影響しているのは、小説の展開に対してだ。ミステリというのは、ふつうの小説と違って、大なり小なり人物の動かし方に計算が施されている。時に作家は、物語をより面白く、スリリングにするため、登場人物たちに予期せぬアクシデントを与える。たとえば大事な人物とすれ違わせたり、連絡を取れない状況に追いやったりするのだ。しかし携帯電話の登場は、その作業をひどく面倒なものにしてしまった。待ち合わせの場所を間違えていて肝心な人物に会えなかった、ということは、今日ではまず考えられないだろう。そこでまず、登場人物が携帯電話を所有もしくは所持していないという状況を作ったり、電波の届かない場所にいるという設定にする必要がある。ところが携帯電話の普及率は上がる一方だし、所有している人がそれを持たずに外出するということは不自然になりつつある。電波の届かないエリアも、年々狭まっている。

先日も某パーティで、ある作家が、

「海外から帰ってきたばかりの人物に、空港にいる時点ではまだ恋人と話をさせたくないんだけど、その恋人が携帯電話を持ってるから厄介だよ。何とか電話が繋《つな》がらないという状況を作らなきゃなあ」

といって頭を抱えていた。

とはいえ、科学技術の進歩がミステリを書きにくくしているかというと、じつはそうでもない。むしろその逆で、メリットのほうがはるかに大きいというのが私の考えである。インターネットの広がりは、これまで考えられなかった新しい犯罪をいくつも生み出した。それは社会的には困ったことなのだが、犯罪を描くことの多いミステリ作家にとっては、新たな鉱脈が発見されたようなものだ。たとえば、全く面識のない二人がある日突然親密になる、というかつてなら不自然としか思えない状況も、出会い系サイトの出現によってじつに容易に作れるようになってしまった。

携帯電話やデジタルカメラの普及も、新たなトリックを生み出す土壌になってくれるだろう。交通機関の発達は、舞台のスケールを格段に広げるという点で、すでに大いに貢献している。

ただし作家たちも、新たなツールを使って行われる新たな犯罪を、ただなぞっているだけではいけないだろう。何か新しい技術が作られるなり発見されるなりした時には、それによって犯罪がどう変わるか、どのような新犯罪が生み出されるかを、それこそ現実の犯罪者たち以上に真剣になって考えねばならない。小説の真似をするやつが出てきたら大変だと警察が警戒するほどのものを考案できたなら、犯罪防止の観点からも社会に役立つことになる。

もっとも、作家が現実を追い越し、小説中で新犯罪を予見した、というケースは極めて稀《まれ》だ。警察と同様、犯罪が起きて初めて、「ああ、その手があったか」と気づかされることが殆どなのだ。重機を使って銀行のATMを破壊する、なんていう犯罪を、誰が予想していただろうか。

そうした新犯罪を考案できる連中が小説を書いたなら、さぞかし面白いものができるだろう、と、テレビのニュース番組を見ながら不謹慎なことをふと考えてしまう。

（「ダイヤモンドLOOP」〇三年四月号）

ツールの変遷と創作スタイル

私が作家としてデビューしたのは八五年、つまり今から十八年前である。江戸川乱歩賞というミステリの登竜門に応募し続け、三回目にして受賞したのがきっかけだった。

当時の応募規定を読んでみると、次のように書いてある。

・枚数　350から550枚
・原稿の綴《と》じ方　一枚ずつ二つ折りにして重ね、三冊に分けて綴じる。

一方、現在ではそれが次のようになっている。

・枚数　四百字詰め原稿用紙で350から550枚。ワープロ原稿の場合は必ず一行三十字×二十から四十行で作成し、A4判のマス目のない紙に印字してください。
・原稿の綴じ方　必ず通しノンブルを入れて、右肩を綴じる。

比べると明らかだが、現在ではワープロ原稿が送ってこられることを前提としている。十八年前にはすでにワープロ専用機が市販されていたから、もしかすると当時からそうした応募原稿はあったかもしれないが、まだ少数派であったことは間違いない。私にしても、応募時代はずっと原稿を手書きしていた。ワープロに転換したのは、乱歩賞を受賞した直後だ。したがって、受賞後第一作目の短編小説は、すでにワープロで執筆した。

手書きからワープロへの転換は、全く抵抗がなかった。理由はいくつかある。第一に、執筆スタイルがすでにワープロ向きになっていたことがあげられる。当時エンジニアだった私は、使い古しのコンピュータの出力用紙を大量に持ち帰り、その裏に小説を下書きしていた。そして文章の構成をかえたい時などには、ハサミでその部分を切り取り、別の場所に貼りつけるというようなことをしていた。つまりカット・アンド・ペーストである。ワープロではそれが画面上で出来、しかも清書する必要がないのだから、まさに願ったりかなったりの道具だった。

キーボードの操作に慣れていたことも、ワープロへの転換がスムーズだった理由の一つだろう。大学の電気工学科にいた頃からミニコンを触っていたし、会社に入ってからもパソコンを使うことが多かった。もっともその時に支給されたパソコンはNECのものすごい初期型で、ワープロソフトを入れてはみても、一つの文字を出すのにえらく時間のかかる代物で、小説の執筆などには向かなかった。

ワープロ専用機の進化のタイミングも私にとってはよかった。それまではディスプレイに数行しか表示できない機種が殆《ほとん》どで、三十行以上表示できる機種となると、とても手が出せないような値段だったのだが、ちょうど私がデビューした頃あたりから、各社が競って高機能低価格のワープロ専用機を発売するようになったのだ。

さてワープロを購入した私としては、まず決めることがあった。それは入力方法だ。ローマ字入力にすべきか、かな入力にすべきか、ということである。

この拙文を読んでいる方の多くは、首を傾げておられるかもしれない。そんなことを迷う必要があるのか、ローマ字入力に決まっているだろう、という具合にだ。実際、世間の多くの人はローマ字入力をしているようだ。作家でも、そちらのほうが圧倒的に多数派である。

しかしじつは私はかな入力を選択したのだ。現在はMacのパソコンを使っているが、やはりかな入力である。この文章も、そうやって書いている。

ワープロを買った時点では、ローマ字入力のほうが慣れていた。というより、キーボードのかな文字など見たことさえなかった。当時のパソコンでキーボードを打つ時というのは、大抵プログラミング時である。かな文字などまるで必要なかったのだ。にもかかわらず敢《あ》えてかな入力を選んだのにはもちろん理由がある。それは、キーを叩《たた》く回数をなるべく減らそうと思ったからだった。プロ作家になったからには、年間数百枚いや数千枚を書かねばならない。叩くキーの回数は天文学的なものになるだろう。ローマ字入力はかな入力に比べて叩く回数が増える。それではとても指がもたんわい、と考えたのだ。デビューしたての駆け出しのくせに、仕事が次々にくるだろうと厚かましい夢想を抱いていたわけである。

キーの配置を覚えねばならないとか、ブラインドタッチが出来ないなんてことは、全く気にしなかった。何しろ年間数千枚をこなすのだ。そのうちに指のほうが勝手に覚えてくれるだろうと楽観していた。結果的にこの考えは間違っていなかった。現在私の指はかなキーの位置をほぼ完璧《かんぺき》に覚えている。しかし誤算もあった。そうなるまでに十数年を要したことだ。原因はキーを速く叩かねばならないほど、アイデアが出てこなかったことにある。殆どパソコンの前で唸《うな》っているだけでは、かな入力でもローマ字入力でも関係がなかったのだ。

それはともかくワープロへの転換は私にとって大正解だった。疲れないとか編集が楽だとかの理由もあるが、最も大きいのは、編集者からのウケがいい、ということだった。大御所作家なら、少々乱雑な文字でもありがたがってもらえるが、無名に近い新人作家の原稿が読みにくいのでは誰も相手にしてくれない。「東野の原稿は、内容はともかく読みやすい」という評判が立ってくれることを期待したわけだ。その計算はまんまと当たり、「いやあワープロっていいですねえ、何となく内容もよく思えちゃいますもんねえ」という、褒められているのか貶《けな》されてるんだかわからないような感想をもらったりした。

ただしワープロ原稿なら何でもいいのかというとそうではなく、出力様式はいろいろと試行錯誤した。じつは最初に買ったワープロには原稿用紙のマス目に合わせて文字を印刷する機能がついていたのだが、実際にやってみると読みにくいことこの上ない。そこでふつうにA4判の紙に印刷することにした。前述の乱歩賞の規定に、「A4判のマス目のない紙に印字してください」とあるが、おそらくきっちりとマス目に合わせて印字した原稿が何度か送られてきて、事務局が閉口した過去があるのだろう。ワープロにあんな機能がついていたのは、全くの無駄である。小説など書いたことのない技術者が考えつきそうなことではあるが。

ワープロからパソコンへの移行はさらにスムーズだった。メリットは多々ある。複数の文書を一つの画面に並べて出せるのも大きいし、分厚い広辞苑を広げなくてよくなったのも助かった。執筆中にインターネットで調べものが出来るのもありがたい。無論、電子メールによる原稿のやりとりが出来るようになったことも一つの革命だろう。

だがどんなにツールが進化しても、あまり楽にならないことがある。それは、文章を生み出す際の頭脳労働である。

私の執筆方法は、まず頭の中で映画のようにシーンを思い浮かべた後、それを小説の形にするというものだ。しかしこれがなかなかに難しい作業なのである。基本的に描写力に難があるので、思い浮かべたものをうまく文字に出来ないのだ。書き上がったものを読み直すと、頭の中のシーンとはまるで似ても似つかないということがしょっちゅうだ。女性の容姿など、特にそれが顕著である。

私が今夢見ていることは、頭の中で思い浮かべたストーリーが、そのまま文字となって出てくるというツールが作られないかな、ということだ。そんなふうになったらどんなに仕事が楽だろう。もっとも、執筆している姿を編集者に見せるわけにはいかない。私が先のことをちっとも考えず、その場しのぎで連載をこなしていることがばれてしまうからである。

（「ダイヤモンドLOOP」〇三年五月号）

嫌な予感

ミステリ作家を職業とする以上、無関心では済まされないことが多々ある。その一つが科学捜査に関する事柄だ。最近ではいろいろなタイプのミステリが増えてきて、殺人事件や捜査といったものに全く触れない小説を書く作家もいるが、やはり必要最低限の知識といえるだろう。

科学捜査の一つに身元特定というものがある。最もポピュラーなものが指紋の照合だ。ポピュラーであると同時に、信頼性という点でも随一である。指紋が合致すれば、同一人物であるという結論は絶対に揺らがない。この指紋照合の技術が発明されるまでは、たとえば前科者の記録には顔写真を中心にした見た目のデータしか残されていなかったわけで、大した特徴のない人物が偽名を騙《かた》っていた場合などには、どこの誰なのかを確認するのでさえ恐ろしく手間がかかり、時には人違いで逮捕するなんてこともしょっちゅうあったらしい。変死体の身元を特定するなんてことも困難で、顔が潰《つぶ》されていたりしたら、殆ど絶望的だったという。そういう意味で指紋照合の技術は、画期的な発明だった。

それに匹敵するか、もしくはある意味凌駕《りょうが》する技術となりそうなのがＤＮＡ鑑定だ。いうまでもないことかもしれないが、体細胞中のＤＮＡの塩基配列が人によって異なることを利用し、個人を識別しようというものである。現場に残された血液や体液、毛髪などからＤＮＡを抽出できるから、身元不明の遺体の特定や容疑者の絞り込みなどに役立つというわけだ。警察庁が犯罪捜査に導入することを決めたのは一九九二年だから、すでに十年以上の実績がある。

もっとも、信頼性という点では、まだ指紋には及ばなかった。事実九五年には、福岡高裁が大分市の女子短大生殺害事件でＤＮＡ鑑定の信用性を否定し、逆転無罪をいい渡している。

警察庁によれば、従来の個人識別確率は最高で二八〇万分の一だったらしい。つまり二八〇万人に一人は、別人でも同じ型のＤＮＡと判断される可能性があったわけだ。かなり低い確率といえなくもないが、人違いされる確率なんてものはゼロであるに越したことはない。指紋はそれがゼロなのである。

そこで警察庁が最近発表したのが、最新式ＤＮＡ解析装置フラグメント・アナライザーの導入だ。これまでは四種類の鑑定が行われていただけだが、この装置を用いることにより、十種類前後の鑑定が可能になるという。絞り込みの過程が増えれば、それだけ人違いをする危険度も下がるわけで、その個人識別確率は数億分の一らしい。なるほどこれなら指紋に匹敵すると胸を張りたくなる気持ちもわかる。しかも鑑定時間が大幅に短縮されるし、費用も半分近くになるというのだから、まさにいいことずくめだ。魔法の技術、といっても過言ではない。

だがちょっと気になるのは、その魔法が今後どう使われるか、だ。

犯罪者の指紋がデータとして保管されているのと同様に、DNAの記録も残されていくだろう。現場に犯人のものと思われる毛髪が残っていれば、前科者のリストからそれと合致するものをコンピュータによって見つけだす、ということも容易になるわけだ。パターンを数値化しにくい指紋より、おそらく重宝されるに違いない。

しかしDNAには病歴や遺伝などの個人情報が多く含まれている。そんなものをデータベース化したものを警察が持っている、というのは何となく気味の悪い話だ。無論、その問題については以前から議論されていて、警察庁も新方式のシステムを導入するにあたって、ガイドラインの見直しを進めているらしい。

だが魔法を手にした以上、それを最大限に活用したいと考えるのは当然のことだ。では、最大限、とはどういうことか。これはもう母体のデータを大きくしていく、ということにほかならないように思う。つまり犯罪者のものだけでなく、一般人のDNAデータもすべて揃えたい、と考えるようになるのではないか。

これは警察にかぎったことではない。先に述べたようにDNAは情報の宝庫だ。解析が容易になれば、それを使った新たなビジネスが考案されるのは時間の問題であり、その際には必ず、可能なかぎり多くのデータが集められることになるだろう。

たとえば肥満遺伝子というものがある。聞こえは悪いが、これはエネルギー節約遺伝子で、食糧事情が悪かった民族が、少しの栄養で長らく生活できるよう、脂肪を体内に貯《たくわ》えやすくなるように進化した賜《たまもの》だ。しかし食べ物に困らない現代社会では、単に太りやすいというデメリットしかもたらしていない。

ダイエット食品やダイエット器具を販売しようとする企業にとって、肥満遺伝子を持っている人間のリストというのは、かなり価値のあるものではないか。肥満と全く縁のない人間にダイレクトメールを送るという無駄を避けられるし、肥満の原因を体質に絞った売り込みも可能になる。

遺伝的要素が強いといわれる若ハゲや薄毛についても、その対策商品の宣伝にDNAデータは役立つ。それらの悩みを持つ男性は、何とかしたいと思いつつ、なかなか自分では動こうとしない。そんなところに業者のほうから接触してきたらどうだろうか。多くの人はとりあえず耳を傾けてしまうのではないか。

そのほかにもＤＮＡデータを使ったビジネスはいろいろと考えられそうだ。結婚相談所なんかでも、導入される可能性は大いにある。何しろ天才やスポーツ選手の精子を得て妊娠しようとする女性がいる時代なのだ。

もちろんこれらはすべて空想だ。実際に事業として成立するかどうかは別である。いや、どう考えてもまっとうなビジネスではない。そもそも本人の承諾なしにＤＮＡを調べることなど許されないし、そのデータを流用することなどもってのほかだ。

しかし表沙汰《おもてざた》にしなければ、その企業がＤＮＡデータに基づいて宣伝活動を行っているかどうかはわからない。となれば、密《ひそ》かにそうしたデータが売買されることもありうるのではないか。

ここでもう一つ新たなビジネスの生まれる可能性がある。ＤＮＡデータの収集屋だ。現在でも住所、氏名、年齢、職業といった個人情報を売る会社はある。今度はそこに当人の髪の毛を付け足せばいい。それだけで情報としての価値は飛躍的に上がる。解析機を導入して、たとえば、「デブ候補者リスト」とか「若ハゲリスト」というふうに限定して販売する手もある。

しつこいようだが、こうしたビジネスは違法である。だがＤＮＡの解析技術が進歩すれば、闇で行われる可能性は極めて高いと予想される。まるで心当たりのない会社からダイレクトメールが送られてきて気味の悪い思いをした、という人はおそらく少数派ではないだろう。個人情報は闇のマーケットを舞台に、おそろしいほどの勢いで漏洩《ろうえい》しているのだ。それらの情報に、自分のＤＮＡデータが加えられる日が絶対にこないとは誰にもいいきれないのだ。

そして最終的にどうなるか。

ごたごたが起きてからのんびり現れ、強引なことをするのが役人である。彼等は政治家を操り、国民全員のＤＮＡデータを揃えようとするのではないか。国民の健康のため、防犯のため、という大義名分のもと、「何月何日までに国民は全員、居住地の役所に毛髪を提出すること」という命令が下されるのは、そう遠い未来の話ではないような気がする。

その日までに禿《は》げておいたほうがいいかもしれないな。

（「ダイヤモンドＬＯＯＰ」〇三年六月号）

数学は何のため？

先日、小説取材のため、明治大学数学科の増田教授にお会いしてきた。ミステリを書くのになぜ数学の取材をしなければならないのかと訊《き》かれそうだが、登場人物の一人、しかも極めて重要な人物が数学者という設定なので、その必要があったのだ。だがじつは以前から、数学者と話をしてみたいという願望はあった。

プロフィールを見ていただければわかるように、私は大学では電気工学を専攻していた。電気、というと電気回路やオームの法則だけを連想されがちだが、学ぶ内容は殆《ほとん》どが数学絡みである。特に一年生や二年生の間は、数学と名の付く講義だけでも十個以上ある。それらはどれも、高校で習うような数学とはとても比較にならぬほど難解で、当然テストには、「公式を覚えれば何とかなる」問題などひとつも出ない。

それらの講義を受けながら、私はいつも不思議に思っていた。この人たち、つまり数学の研究者とは、どんな世界観を持ち、夢を持って生きているのだろうか、と。いや、そもそもなぜ数学者になろうと思ったのか。

増田教授の答えは簡潔だった。

「子供の頃から数学が好きだったんですよ」

ただそれだけである。難問に出会い、自分で考え抜いて解けた時の喜び、それがたまらないのだという。

その感覚は私にも多少はわかる。理系に進んだ人間ならばそうだろう。しかしそれをさらに極め、一生の仕事にしようとは思わなかった。数学はあくまでも、電気工学における問題を解決するための「道具」にすぎなかった。その「道具」を自らの手で生み出そうという発想はなかった。だが考えてみれば、誰かが作り出してくれたからこそ、我々はその「道具」を使うことができるのだ。コンピュータにしても携帯電話にしても、数学という「道具」がなければ発明されなかったし、ロケットが月に行くこともなかった。現代文明は数学によって築き上げられたといっても過言ではないのだ。

ところがその数学の地位がこの国では低い。軽視されているという印象を持っているのは私だけではないだろう。事実、増田教授も、「同感です」とのことだった。数学の授業数は年々削減され、その内容も薄くなる一方だ。これでは優秀な学生が育つわけがなく、教授の印象としても、最近の学生の学力低下は顕著らしい。

なぜ国がこれほど数学を軽視するのか全くわからないが、その反面、技術大国を目指そうというのだから馬鹿げている。まるで、種を蒔《ま》かずに花だけ咲かそうとするようなものだ。

だが子供たちの数学離れの原因は、国の態度にだけあるのではない。最も大きな要因は、彼等を取り巻く身近な環境にあると思う。

たとえば次のような質問を子供が親に発したとする。

「数学なんて、何のために勉強すんの？」

この質問に満足に答えられる親が果たして何パーセントいるだろうか。親だけではない。教師だって答えられない人間が大半ではないか。答えに窮した彼等が苦し紛れに発する台詞《せりふ》は、大抵が次のようなものだ。

「そんなことといったって、数学という科目があるんだから仕方がないだろ。文句をいわずに勉強しろっ」

こんな答えで子供が納得できるはずがない。かくして子供たちは見抜くのだ。大人だって数学なんて必要ないと思っているのだ、と。

昨今はテレビの影響も大きい。人気タレントなどが堂々と、「数学なんて必要ない」と断言している。それどころか、「数学が好き」なんてことをいう者がいたら、皆でよってたかって馬鹿にする。「数学好きイコール変人」という不文律を作り上げ、数学嫌いの自分たちこそがまともなのだと声高に合唱する。

これでは子供たちに数学に関心を持てというほうが無理である。数学離れを起こしているのは子供たちだけではない。この国中がそうなのだ。

ではおまえなら、「何のために数学を学ばなきゃならないのか」という質問にどう答えるのか、と訊かれそうである。私は大抵次の二つの話をすることにしている。
1．数学とは科学や経済における問題解決のための道具である。どんな道具があるのかを学んでおかなければ、それらに関わる仕事をした時、無駄な遠回りをすることになる。米はあっても炊飯器の存在を知らなければ飯を炊くのに苦労するようなものだ。微分積分、三角関数——すべて道具である。
2．人類の発展のためには数学の進歩も不可欠である。誰かが研究し、そのレベルを高めていかねばならない。しかし数学の才能を持つ人間を見つけるのは難しい。本人でさえも気づかない場合がある。だから全員に数学をやらせてみて、ふるいにかける必要があるのだ。
この回答に反論のある人もいるだろう。しかし少なくとも、「数学という科目があるんだから仕方がない」で済ませるよりは説得力があると自負している。また、右の二つの説を総合すると、「数学の才能はまるでなく、将来、数学を道具として使う可能性がまるっきりない人間は、数学を学ぶ必要はない」ということになるが、私はそれでいいと思っている。あらゆる人間を十把一絡《から》げにして教えようとするから無理が生じるし、内容も落とさねばならないのだ。日常生活に必要なのは、おそらく算数のレベルまでだ。遅くとも高校からは数学は選択制で十分だと思う。

また数学の授業を始める際には、これから学ぶことが何に役立つかを、教師が生徒にわかりやすく説明すべきだ。それができない者は数学教師として失格だろう。

大事なことは、数学を特殊な学問だと思っている世間の認識を修正し、根源的な学問であると認知させることである。ここでいう世間とは、親や教師のことだけではない。数学の恩恵を授かっているはずの技術系企業でさえ、その発展を重視する空気は薄い。その証拠に、企業が工学系の研究者のスポンサーになることはあっても、数学者に金を出すことはまずないのだ。研究内容が根源的すぎて、ビジネスに直接結びつくように見えないからだろう。しかし実際には、常に間接的に結びついているのだ。このあたりに、企業のトップたちの科学技術に対する意識の底の浅さを感じてしまう。

数学にはロマンがないと思っている人もいるかもしれない。しかしそれは大間違いである。じつはまだ数多くの未踏の地が残っている。たとえばボストンの実業家クレイ氏が創設したクレイ数学研究所は、二〇〇〇年五月に、七つの難問を全世界の数学者に提示した。そのどれか一つでも解ければ賞金100万ドルを支払おうというのである。金額も小さくないが、それよりもわくわくするのは、懸賞金をかけられるような問題が、まだいくつも存在するという点だ。勉強不足の私は、四色問題やフェルマーの定理が解決され、もはや世界的にポピュラーといえる難問は少ないのではないかと思っていた。

前述の明治大学の増田教授も、この七つの難問の一つを研究テーマにしている一人である。その内容を思いきり乱暴にかみ砕いて説明すると、「水の流れを方程式にした時、その解は存在するか」ということになるだろうか。『ナビエ－ストークス方程式の解の存在問題』と呼ばれるこの難問は、日本の研究者に解かれる可能性も高いという。非常に楽しみな話である。参考までに残り六つの難問を書いておこう。

・『リーマン予想』
・『バーチ&スウィンナートン・ダイアー予想』
・『P≠NP問題』
・『ホッジ予想』
・『ポアンカレ予想』

・『ヤン＝ミルズ方程式の質量ギャップ問題』
どれもこれも私には何のことやらさっぱりわからない。『P≠NP問題』だけは、そのイメージを把握しやすい。次のようなものだ。

「数学の問題について、自分で考えて答えを見つけるのと、他人から答えを聞いて、その答えが正しいかどうかを確認するのとでは、どちらが易しいか」

うぅむ、数学者は一種の神だな、と思ってしまう。

（「ダイヤモンドLOOP」〇三年七月号）

教えよ、そして選ばせよ

先日私が住んでいるマンションの管理組合から、『夏の電力供給不足により停電が起こってしまったら』というタイトルの書類が回ってきた。いうまでもなく、東京電力の原発トラブル隠しに端を発した原発稼働停止の影響とその対応策に関するものだ。

その書類によれば、電力会社からの供給が止まれば、一部エレベータが使えなくなるらしい。館内の空調は切れるし、駐車場のゲートは開放状態、宅配ロッカーも使用不能とある。各住居は当然のことながら停電状態である。家電が使えなくなるのはもちろん、蛇口を捻《ひね》っても水しか出ない。インターホンやセキュリティ機器は機能しない。つまり警報装置も作動しない。おまけに固定電話は使用できず、携帯電話も利用が集中した場合には通話が制限されることも考えられるという。

災害ではないから、何日も同じ状態が続くわけではない。食料や飲料水を備蓄しておけば、とりあえず生活はできるかもしれない。電池式のテレビやラジオがあれば、情報を得ることも可能だろう。しかし実際にこんな状況になった時のことを考えてみるとかなり怖い。心配なのは防犯面である。何か起きたとしても、電話が使えないわけだから、警察への通報は大幅に遅れることになる。それを見越した犯罪が、停電直後に急発生するおそれは十分にある。また犯罪でなくても、たとえば急病人が出た場合、いかにして病院に連絡を取るか、という問題もある。

三年前にも似たようなことで騒いだ。二〇〇〇年問題である。どのような事態が起きるかわからないから、三日分ぐらいの食料は用意したほうがいい、なんていうおふれが出たりした。結果は御存じのとおり、殆《ほとん》ど何も起きなかった。対応がうまくいったという見方もあるが、そもそもそんなに心配することじゃなかったのではないか、という意見が多いのはたしかである。私もじつはそう思っている。

しかし今回は違う。単純な算数である。電力の需要が供給を上回ってしまえば、確実に停電は起きる。それによって混乱が生じないというのは、ちょっと考えられない。

人間は電気に頼った生活をし過ぎている、と改めて思う。だがもはや方向転換は不可能だろう。それどころか、今後益々《ますます》電気は必要になる。特に日本はそうだ。高齢化が今のまま進めば、文明の利器の助けなしでは生活できない人間が増えるだろう。それらの利器のエネルギーは、まず電気である。

実際、電力会社の発電量は年々増加してきた。電力会社としては電気という商品が売れるのはありがたいことなので、需要に応《こた》えられるように発電所を増やしたのだ。その結果、利用者は、「電気はあって当然のもの」と受けとめるようになった。節電を意識するのは家計を考えた時だけで、社会全体の問題として捉《とら》えることはなくなってしまった。

だが今その神話が揺らいでいる。神話を支えてきたのが、国民の同意を一度もまともに得たことのない原子力政策だからだ。

国はなぜ原子力に対する国民の理解を積極的に得ようとしてこなかったのか。たしかに宣伝はしている。しかし「原子力は素晴らしい」と美辞麗句を並べるだけで、真の情報を公開することは頑《かたく》なに拒み続けてきた。

たとえば危険性についてである。国側や電力会社から出てくる台詞《せりふ》は、「とにかく安全」の一言のみだ。その根拠となる具体的なデータの話になると、途端に歯切れが悪くなる。

九五年に大阪で、高速増殖炉『もんじゅ』の運転に関する討論会が開かれた。その時に反対派から出された質問の一つに、もし運転中に大地震が起きたら『もんじゅ』はどうなるか、というものがあった。この会議の一か月前に阪神淡路大震災が起きており、関西在住の人間がこの心配をするのは当然と思われた。

だがそれに対する動燃（当時）の回答は以下のようなものだった。

「『もんじゅ』のあります土地で起こりうる最大の地震を想定してシミュレーションを行いましたが、全く影響のないことが確認されております」

もちろんこんな答えでは質問者は納得しない。阪神淡路大震災クラスの地震が起きても大丈夫なのかどうか、ということを知りたいのだ。しかしそれに対する答えは、「そういう規模の地震は起きない」の一点張りである。

「起きたらどうなるのか、と訊《き》いているんです」と質問者は食い下がる。

「だから起きないんです。起きないことを想定しても意味がない」と動燃側は煙《けむ》に巻こうとする。

じつはこの討論会の一週間前に、その『もんじゅ』へ取材に行っていた。広報の担当者は、一週間後に開かれる討論会について、こんなふうにいった。

「何しろ向こう（反対派）は文句をいうことしか考えていないから、何を説明しても無駄ですよ。とりあえず行きますが、どうせ理解してもらえないでしょ。まあ、せいぜい突っ込まれないように気をつけて、規定の時間が過ぎるのを待つだけです」

つまり動燃側には、相手の疑問に積極的に答えようという意思がはじめからなかったのだ。質問に答えるふりを装いつつ、議論になるのを極力避けることしか考えていなかったといえる。

各地の原発立地に関する集会でも、ほぼ同じことがいえる。電力会社は反対派を説得しようとはせず、彼等が発する質問をはぐらかすばかりである。「もし××なる事態が起きたら原発はどうなるか」という質問に対しては、「そういう事態は起きない」という答えしか返ってこない。これでは、「あいつら本当のことを隠している」と疑われても仕方がない。

もっとも原発推進派の気持ちもわからぬではない。彼等には彼等なりの信念を裏づけるデータがあるはずである。しかしそれをすべて素人に理解させるのは難しい。逆に中途半端に情報を出したら、それを材料にさらに突っ込まれるおそれがある。そうなるくらいなら、「とにかく安全、事故は起きません」と九官鳥のように繰り返しておいたほうが無難だというわけだ。

だがそういう怠慢が現在の事態を招いたことは明白である。「事故は起きない」の一点張りで押し通してきた結果、些細《ささい》な事故でさえ公表しにくくなってしまった。苦し紛れで彼等はよく「事象」という言葉を使う。トラブルがあっても、「あれは事故ではなく事象です」と表現するのだ。

そして「事象」で済まされないトラブルが発生したらどうなるか。表面化が免れない事態ならば「事故」として扱うしかない。しかし関係者以外にはわからないようなトラブルだったらどうか。

東京電力の事故隠しは、以上のようなプロセスによって生まれたと推察する。突き詰めれば、本気で原子力発電を国民に理解させようとしてこなかったツケが、今返ってきているのだ。

科学技術にトラブルはつきものである。そのおそれはゼロなどといい加減なことをいわず、あらゆる危険性とその確率を公表すればいいのだ。その上で国民に選ばせればいい。もちろん原発やエネルギー問題にまるで無関心だった我々国民側にも責任はある。贅沢《ぜいたく》な暮らしにはリスクが伴うことを知り、自分たちの未来ぐらいは選べるだけの知識を持っていたいものだ。

この拙文が掲載される時には電力需要がピークを迎えるかもしれない。自由に電気を使えなくなった時、現在停止している原発について東京の人間たちがどんなふうに思うか、非常に楽しみである。

何も考えない、という人が大多数だろうとは思うが。

（「ダイヤモンドLOOP」〇三年八月号）

ハイテクの壁はハイテクで破られる

異常事態が起きている。全国で書店がものすごい勢いで減っているのだ。本が売れない時代だから、という理由だけではない。売れないだけならまだいいのだ。売れ残った本を返本することで、書店は損失を免れるからだ。彼等を追い詰めるのは、売れてもいないのに本がなくなってしまうという現象である。売れてないのだから収入はない。しかも本がないから返本もできない。結局、仕入れ金だけが消えていくことになる。

もちろん万引きのことをいっている。一店当たりの年間被害額は平均210万円にのぼり、これは粗利益の5―10%程度にも相当するらしい。店を畳むところが続出しても当然だろう。

スーパーやコンビニでも万引きは行われている。しかしそれらの店と書店とで決定的に違うのは、万引き犯たちの目的である。スーパーなどでは、犯人たちは「それがほしいから」盗む。時にはストレス解消というケースもあるようだが、いずれにせよ万引きという行為によって、彼等は目的を果たす。

昔は書店における万引きも同様だった。その本がほしいがどうしても買えない、という人間がこっそりと盗みを働いていたのだ。だが今は違う。万引き犯たちは本などほしくない。彼等がほしいのは現金である。本はその代替物にすぎない。

犯人たちは本を盗んだその足で、ここ数年激増している新古書店に行く。そこでは盗んだ本を買い取ってくれるからだ。いわば万引き犯たちにとって新刊書店とは、現金が無防備に並べてある空間なのである。これでは盗みを防止するほうが難しい。

そこで現在検討されているのがＩＣタグの導入である。ＩＣタグとは、メモリ内の情報を無線でやりとりすることで、物品管理や自動識別を行うデジタルメディアだ。バーコードと比較して、情報の追記、書き換えが自由に出来るなど、これまでにない特徴がある。そのものに情報が入っているので、データベースへの問い合わせも不要だ。

出版業界が検討しているのは、背表紙にバーコードを印刷するかわりに、このＩＣタグを本の表紙に埋め込んでしまおうというアイデアだ。流通や販売業務の効率化に活用できるのはいうまでもないが、最も大きく期待しているのは万引きの防止効果である。書店の出入り口にセンサーを設ければ、レジで精算されていない本が店外に持ち出されるのをチェックできるというわけだ。新古書店にもリーダーを設置するようになれば、持ち込まれた本が不正に入手されたものかどうか判別できる。

朝日新聞の写真で御覧になった方も多いと思うが、ICタグは驚くほど小さくできるようになった。指の指紋の隙間に入りそうなほどだ。なるほどこれなら表紙に埋め込むことも可能だろうなと私も思った。無論それなりにコストはかかるが、流通や業務の効率化効果をもたらすから、その分は相殺できるという。

ICタグは万引きの防止に役立つだろう。少なくともこれまでのように、中学生や高校生（時には小学生）がふらりと立ち寄って一稼ぎする、ということはなくなるかもしれない。しかし永遠に効果を維持してくれるだろうか。私はそれほど犯罪の世界は甘いものではないと考える。

テレホンカードが出た当初も、NTTは自信を持っていた。偽造も不正もされないとたかをくくっていた。しかし現実はどうだったか。無限に使えるテレホンカードを秋葉原あたりで売りつけられそうになった人は少なくないはずである。

ハイテクによる防御はハイテクによって破られる――これが私の持論である。そしてハイテク防御が破られた時の痛手は、その防御がなされる前よりも大きくなる。

たとえば次のようなシナリオを考えてみる。

ＩＣタグ導入により、万引きが減ったとする。書店は安心するだろう。それによって、これまで万引き防止にかけていた手間や費用を削減するに違いない。つまり、ＩＣタグがなければ極めて手薄、という状態になるわけだ。

そんな時に犯罪者が現れる。彼あるいは彼女は、ＩＣタグを無力化する方法を考案するのだ。たとえば、ＩＣタグの内容を書き換える装置を開発したらどうだろうか。その装置を使えば、レジを通さなくても、「精算済み」の情報がタグ内に入れられるのだ。

そのような大がかりな犯罪を行おうという人間はわずかで、これまでの手軽に万引きをしていた連中とは人種が違う、という意見が出てきそうだ。たしかにそうだろう。しかしこの手の犯罪は急速に広がり、簡易化するものなのだ。

犯罪者たちが、携帯電話からＩＣタグを無力化する電波を出す方法を考案したらどうなるか。しかもそのためには、あるプログラムを携帯電話にダウンロードするだけでいいとしたら。

そのプログラムはネットを通じて急速に、そして密《ひそ》かに広がるだろう。「ＩＣタグ破り」は誰にでもできる手軽な犯罪と化す。万引きの恐怖から解放されたと油断している書店主たちが、その波に呑《の》み込まれたと気づいた時にはすでに遅い。

実際にこのような事態になるかどうかはわからない。ＩＣタグによる防壁は、もっと強《きょう》靭《じん》なものかもしれない。しかし私はハイテクを過信するのは禁物だと思う。あくまでも防御のひとつとして捉《とら》えるべきだ。

私は犯罪防止にはローテクが一番だと思っている。ローテクの予防策を破るには、犯罪者もローテクを使わねばならないからだ。そしてローテクは、ハイテクほど手軽にはできず、労力と手間が要求される。この労力と手間というのは、万引き犯のような人種が最も嫌うものなのだ。

一例としては、すべての書店において精算時にその書店の印を押す方法を提案する。こうすることで、正規に購入された本には必ずどこかの書店印が押されている、という状況が出来上がるのだ。この状況は、万引きをして新古書店で売ろうとしている人間には極めて都合が悪い。なぜなら万引きした本には印がなく、不正入手したことが明白だからだ。また犯人を取り押さえた時、盗んだ本について、「この本は他の店で買ったものだ」という言い逃れをさせないという効果もある。

そこで犯人たちはローテクによる対策を講じようとする。書店印の偽造だ。しかしこれが労力と手間を必要とするだけでなく、犯人たちにとって安全とはとてもいえない策であることは明らかだろう。しかも窃盗だけでなく、偽造という罪まで背負い込むことになるのだ。

ＩＣタグによるハイテク防止策も結構だが、ぜひこのローテク防止策についても、書店の人たちには検討してもらいたいものである。

というようなことを考えていたら、今度は「デジタル万引き」なる言葉が耳に飛び込んできた。何のことだと思ってよく聞いてみたら、カメラ付き携帯電話による雑誌等の情報搾取のことをいうらしい。要するに雑誌の立ち読みをするかわりに、必要頁の情報をカメラで撮影してしまおうというわけだ。

そんなことをする人間は、たぶん元々その雑誌を買わない人種だろう。だから被害額がどれほどのものなのかは想像がつかない。

しかし確実にいえるのは、ハイテク機器を開発する時、それが犯罪等にどのように使われるか、という視点が開発者には欠如しているということだ。

それともう一つ、この国の多くの人々は、本を買う人がいなくなれば本は消えていく、ということを知らない。

（「ダイヤモンドＬＯＯＰ」〇三年九月号）

著作物をつぶすのは誰か

先日、「貸与権連絡協議会」というものの記者会見が行われ、私も出席した。協議会を構成しているのはマンガ家や作家、カメラマンの団体の代表者、並びに出版関連団体の代表者などである。私が出席したのは、日本推理作家協会において、貸与権問題を担当する常任理事を務めているからだ。

その記者会見では、出版物にも貸与権を認めてもらえるよう主張していく、という意味の声明がなされた。

貸与権とは、著作物の貸し借りが行われようとする場合に、作者に生じる権利のことをいう。基本的にはすべての著作物が対象になるが、現在それが認められているのは音楽や映像に対してのみであり、出版物については「当面適用しない」となっている。その理由についてはいろいろあるが、貸本業という職業が定着していた上に、貸本行為によって生ずる出版業界への損失が小さかった、ということが第一にあげられよう。

しかし最近になって大々的に本をレンタルしようという業者が現れた。コミック本が主な商品だが、文芸書でもベストセラーになればそういった店に並べられる。

前述したように出版物には今のところ貸与権が認められていない。つまり、貸すという行為によって他人の著作権を侵害しても、何のお咎《とが》めもないわけだ。著作者に対して金を払う必要もない。こんなぼろい商売がうまくいかないはずがなく、法律を今のまま放置しておけば、今後この手の店は爆発的に増えるだろう。実際、同じように書籍について貸与権のない韓国では、十年ほど前からレンタルコミック店の開業が相次いだ。一九九三年にはゼロだった店舗数が、一九九八年には二万軒にまで膨らんでいるのである。韓国の若者たちの感覚では、マンガはもはや買うものではなく借りるものらしい。そんな状況では新刊本が売れるはずもなく、売上は十年間で十分の一にまで落ち込んでいる。レンタルコミック店登場以前の一九九三年には五千軒以上あった書店も、二〇〇三年にはその半分以下の数字となっているのだから驚きだ。

だが新刊本が売れなくなり、書店が減っていったらどうなるか。当然のことながら経営の立ちゆかなくなる出版社も続出する。結果として、新刊本は出されにくくなる。となれば、レンタルコミック店の品揃えも悪くなり、そこからも客足は遠のく。韓国では二万軒まで増えたと書いたが、じつは二〇〇三年時点では八千軒にまで減っているのである。読者が支払ったお金によって、また新たな作品が生み出される、という当たり前のサイクルを崩したことによって、読書文化そのものが衰退することになったわけだ。

お断りしておくがレンタルビジネスを否定しているわけではない。時には活性剤の役割を果たすことは承知している。好例がビデオだ。レンタルビデオが普及したことで、一時は絶望的に衰退していた日本映画界が息を吹き返したことは周知である。映画を作って、たとえ興行収入が目標に達しなくても、ビデオによる収益で不足分をカバーするといったことが、今や映画制作者たちの間では常識だ。うまく共存しさえすれば、レンタル業が増えることは作者たちにとって決してマイナスではないのだ。しかしそれは、レンタルビジネスによる収益の一部が作者サイドに還元される、という大前提があればこそである。現状では、レンタルコミック店あるいはレンタルブック店が、一冊の本を何千人に貸そうが、作家に入るのは一冊分の印税でしかない。出版社をはじめとする本作りに関わる会社に入る売上も同様だ。これではレンタル業者たちは作者サイドの敵でしかない。レンタルコミックあるいはレンタルブックというビジネスを健全な状態で機能させるためには、貸与権というものが絶対に必要なのだ。

しかしいうまでもないことだが、貸与権を獲得すれば著作権が常に守られる、というようなことはまずない。この世には取締りようのない著作権侵害行為が山ほどあるからだ。その代表格が、複製を作る、という行為である。その被害を最も受けているのは、やはり音楽業界だろう。

レコードをテープにダビングして聞く、という行為は昔からされてきた。レコード会社もそのことは容認していた。アナログレコードはデリケートな代物で、何度も聞くことで音が劣化することは不可避だったからだ。レコードを大切にしたいと思う者こそ、一旦《いったん》テープに録音してから聞くという行為をとっていた。またアナログレコードからテープにダビングした音は必ず元の音より劣るという性質も、複製を容認していた理由だろう。

だが今は事情が違う。CDからCDへ、音は一点の曇りもなく完全にコピーされる。かつてCDの違法コピーといえば、パソコンのプログラムに対してなされた行為だ。秋葉原などで、フォトショップをはじめとする高価なプログラムが入った格安CDの宣伝チラシを受け取った人も多いのではないだろうか。その頃にはまだ一般家庭へのパソコン普及率はさほどでもなかった。パソコンそのものの記憶容量も小さく、CPUの演算速度も今のように速くなかった。しかしパソコンが急速に普及し、同時にその性能も飛躍的に向上したことで、誰でも簡単にCDのコピーを作れるようになってしまった。一人がマスターとなるCDを入手してそれを知り合いに回せば、複製CDはネズミ算的に広がっていく。ももはや買う必要もなければ、借りる必要もない。レンタル業者が、「もうCDでは商売にならない」と嘆いているほどである。

一人がマスターとなるCDを入手してそれを知り合いに回せば、と書いたが、その手段についても恐るべき手口が一般化している。御存じインターネットの利用だ。電子メールで知り合いとやりとりする程度ならかわいげもあるが、今やそんな甘いものではない。新曲がリリースされるや、それをデータ化したものがインターネット上を飛び交うのだ。もはや「知り合いに回す」などというレベルではない。見知らぬ人間にまで、それこそ全世界中に違法コピーがばらまかれる。CDの売上が年々激減していると聞くが、この状況下では当然といわざるをえない。音楽業界を襲う著作権侵害の波の高さを思うと、我々が取り組んでいる貸与権問題など、小さなことのようにさえ思われる。

だがこの音楽業界を襲う危機は対岸の火事ではない。いずれは同様の波が来ることを、他の業種も予想しなければならない。

映像のコピーは現在のところ、ネット上を激しく飛び交うまでには至っていない。データ量が膨大で、ダウンロードに時間がかかりすぎるからだ。画像を鮮明にしようと思えば、一層困難になる。しかし逆にいえば、パソコンが進化を続ければ、いずれは映像も音楽と同じように扱われるおそれがあるということだ。

出版界も安穏とはしていられない。従来の書籍を、安易に電子書籍化していいものかどうか、もう一度考え直すべきだ。その従来の書籍についても油断大敵である。活字をスキャナーで読み取り、テキストデータ化するソフトは、何年も前から出ている。まだ読み取りミスが多いようだが、いずれは正確に読み取れるようになるだろう。そうなった時、新刊書のテキストデータがネット上を飛び交わない、とは誰にもいいきれない。写真集などはすでにその被害を受けている。

本を買って読んでくれる読者は我々にとって神様である。自分では買わないが借りるなどして読んでくれるという読者は神様予備軍といえるだろう。しかし同時に彼等の中には、悪魔の予備軍もいるのだ。

（「ダイヤモンドLOOP」〇三年十月号）

何が彼等を太らせるのか

痩《や》せたがっている人が多い。女性は特にそうだ。ちっとも太ってないじゃないかむしろ痩せてるぜ、といいたくなるような女性でさえ、太ることをひどく恐れている。そしてそんな状況を反映して、世の中には様々なダイエット法が氾濫《はんらん》している。

一体、どれだけのダイエット法があるのか。ちょっと調べてみたところ、次のようなものが浮かんできた。

ダンベル体操ダイエット、低インシュリンダイエット、マイナスイオン水ダイエット、耳つぼダイエット、ハーブダイエット、国立病院ダイエット、骨盤矯正ダイエット、断食ダイエット、足つぼダイエット、アミノ酸ダイエット、ストレッチダイエット、血液型ダイエット、夕飯抜きダイエット、発芽玄米ダイエット——まだまだいっぱいあるのだが、きりがないのでこのあたりにしておく。

これらの効果のほどはわからない。血液型ダイエットなんてのは、そのネーミングからしてちょっと胡散臭《うさん》い。逆に断食ダイエットは、抜群の説得力がある。そりゃあ絶対に痩せるだろうなあ、と思ってしまう。

しかしこれらも整理してしまえば、二つの種類に分けることが可能だ。要するに、何らかの食事制限をするか、効率よくカロリーを消費できる運動をするか、である。さらにいえばどちらも、規則正しく、しかも長期間行わなければならない、という点で共通している。

次々と違ったダイエット法に挑戦しては挫折《ざせつ》する、ということを繰り返している人の大半は、この、規則正しく長期間、というハードルを越えられないでいるのだ。

アーノルド・シュワルツネッガーによれば、ダイエットやトレーニングというものを特別視してはいけないらしい。

「それは、歯を磨いたり、顔を洗ったりするのと同じことなのです。歯磨きや洗顔が長続きしないという人はいないでしょ？　要は日常生活に溶け込ませることが肝心なのです」

六十歳近くになっても、なお完璧《かんぺき》に近い肉体を誇るシュワルツネッガーならではの言葉だと思う。だがふつうの人間にはなかなかこうはいかない。欲望を抑え込んだり苦痛に耐えることなど習慣化できないのではないか。つまり、病気の治療を目的とするケースを除けば、ダイエットなんてものは挫折して当然なのだ。

よくないのは、挫折したことで自分を責めてしまうことだ。自分は何をやっても続かないと自虐的になり、ストレスを溜《た》め込んでしまう。ついにはやけになって以前以上に食べてしまい、結果的にさらに太ってしまうというのが最悪の循環である。

ダイエットなどは元々不自然な行為なのだから続かなくて当たり前と割り切り、くよくよしないことだ。少しぐらい太めでもいいじゃないか。

若い女性にかぎらず現代人は、太るということに対して敏感になりすぎている気がする。スポーツ選手や、生活習慣病の疑いがある人はともかく、それらに当てはまらない人は、まず健康であることを第一に考えるべきではないか。過激なダイエットによって体調を壊すなどというのは愚の骨頂以外の何物でもない。

いやそもそも、本当に太っているのか、という疑問がある。標準的な体型であるにもかわらず、周りの空気に流されて、自分は太っていると勝手に思い込んでいるふしはないだろうか。

ダイエット食品を扱っている某メーカーのサイトにアクセスしたところ、「あなたの肥満度を調べます」というコーナーがあった。身長と体重を入力すれば、瞬時にして肥満度がわかり、どういったダイエットコースを選択すればいいかアドバイスしてくれるというわけだ。

私が身長と体重を入力したところ、次のような文章が表示された。

「標準体重ですが、もっと細いシルエットになりたいと思いませんか。2kg減量コースをおすすめします」

これを読むかぎりでは、私の体重は理想よりも2kg多いという印象を持ってしまう。そこで実際の体重より2kg減らして入力をやり直してみた。すると驚いたことに、さっきとまるで同じ文章が出てきた。意地になって、さらに2kg減らして入力してみる。またしても同じ――。

何度か繰り返すうちに、こんな文章が出た。

「痩せすぎです。体力向上コースをおすすめします」

何のことはない。このプログラムには理想体重という概念は存在しなかった。痩せすぎエリアに入るまで、痩せろ痩せろといい続けるのだ。

こんなものをどれだけの人が鵜呑《うの》みにするかわからないが、健康を扱う会社として無責任であることは明白である。これを見た、ある特に太ってもいない（痩せすぎではないが細めの）女の子が、今より何としてでも2kg落とさねばならないとダイエットに挑み、挫折によって前述の悪循環に陥る危険性だってないとはいいきれないのだ。

このプログラムと同様のことが日常で起きている。ここ数年の間に、日本人による理想の体形のイメージが激変したように思う。極端な言い方をすれば、細ければ細いほど美しい、という具合にだ。その傾向には、今のところ歯止めがないように感じられる。

以上のことから、ダイエットにはカウンセリングが不可欠であると思う。当事者の、自分は太っているという悩みが妥当なものか、単なる思い込みにすぎないのかをまず明らかにしてやるべきだろう。その上で、本当にダイエットが必要だと判断されたなら、その人に合った方法を指導してやればいい。

問題は、どこでそういうカウンセリングを受けるのかということだが、やはり公共の施設が望ましい。ダイエット産業に関わっている企業がそんなサービスをしたところで信用はできない。悪質なカツラメーカーと同様、その必要がない人にまで商品を売りつけようとするのがおちである。

最近では公共のスポーツ施設がかなり充実してきている。中にはちょっとしたフィットネスクラブなみの設備を持っているところもある。機械にお金をかけるのも結構だが、優秀なダイエット・カウンセラーを配置するのも必要なことではないだろうか。

私の想像では、おそらく多くの人はダイエットの必要などない。しかしそれは、今のままの生活を今後も続けて大丈夫という意味ではない。

現代人の多くが運動不足であることは明らかだ。また、食生活は乱れに乱れている。極端なことをいえば、生活を見直す必要は誰にでもあるということだ。

また、肉体そのものが退化している危険性にも気づかねばならない。たとえば最近の若者は汗をあまりかかない。活性化された毛穴の数そのものが少ないのだ。その原因がエアコンにあることは周知の事実である。毛穴の数は三歳までに決まるという。それまでの間に汗をたっぷりかかないと毛穴の数も少なくなるのだ。汗をかかないということは新陳代謝が悪いということであり、当然のことながら老廃物を排出する能力にも劣っていることになる。これでは将来ダイエットが必要な身体になることは確実だ。

一方で不健康な身体になる土台作りをし、もう一方で不必要なほど太りすぎを警戒する——我々はいつまで馬鹿げたマッチポンプを続けるのだろうか。

（「ダイヤモンドLOOP」〇三年十一月号）

ヒトをどこまで支援するか？

クルマを買い換えるべきかどうか迷っている。現在の愛車はちょうど十年になる代物で、走行距離も約十万キロだ。どこも悪くなっていないが、そうなってからでは遅いので検討しているというわけだ。

久しぶりにカタログなんぞを眺めるのは楽しいものである。かつて私は自動車関連のメーカーに勤務していたので、自動車部品の名前などを目にすると、懐かしい気分にもなってくる。

しかしちっとも懐かしくないものもある。それはカーナビだ。

十年前はさほど一般的ではなかった。それが今や搭載していて当然の品である。以前は数十万円もしたが、今ではその十分の一程度の価格で、しかも高機能なものが手に入るようになった。

私も何度か購入を検討したことはある。友人らとドライブに行った時、カーナビ搭載を前提に話を進められて困ったことがあるからだ。ガソリンスタンドやコンビニを探しやすいのも便利かなと思った。

だが結局今も使っていない。最大の理由は、ロードマップを見ながらドライブするのが好きだということだ。カーナビの入力にごちゃごちゃと手間取っているくらいなら、さっさと地図を広げればいいと思ってしまう。たしかに日本の道路はわかりにくく、路肩に止めて地図を眺めても、今自分がどこにいるのかわからなくなる、ということが往々にしてある。しかし少々道に迷ったって仕方がないし構わないと思っている。遠回りをしたおかげで思わぬ発見をすることだって少なくないからだ。抜け道なんかは、そんなことでもないとなかなか見つけられない。

知らない土地でレンタカーを借りると、今では大抵カーナビがついている。目的地を入力し、有料道路を使うか否かを決めれば、後は何もしなくていい。機種によっては戸惑うこともあるが、まるっきり違う方向に進んでしまうということはまずない。たしかに便利である。

しかし道はちっとも覚えられない。カーナビの画面に映し出されているのは、現在自分のいる位置と、その周辺のごく狭い範囲だけである。それでも運転に支障はないし、ちゃんと目的地まで着けるのだが、一体どのような経路を辿《たど》ってきたのか、今ひとつ記憶に残らないのである。出発地と到着地の位置関係もよくわからないままだ。

知り合いの若い編集者で、最近クルマを買った者がいる。地方出身の彼は、東京を運転するのは初めてということだった。新車を手に入れた彼は、休みともなればドライブに出かけるらしい。驚くのはロードマップを持っていないことだ。今やそれが常識の時代になっているのだ。

で、彼が東京や周辺の道に詳しくなったかというと、どうやらそんなことはまるでないそうだ。どこへ行くのもカーナビ頼りで、行き先の入力が完了しないと、クルマを発進させることさえできないという。

これはワープロの弊害に似ているなと思った。ワープロの普及によって、誰でも難しい漢字を駆使した文章を簡単に書けるようになった。だがその漢字を肉筆で書けるかというと話は別である。それどころか、以前は知っていた漢字すら、次々と忘れていってしまう。

今後はこういうドライバーが増えていくのだろうが、果たしてそれでいいのだろうか。運転とは、単にクルマを操作するだけのことをいうのではない。どのようなルートを経て目的地に向かうかのプランを立て、万一そのプランを崩さねばならなくなった時には素早く次善の策に移るといったことも、運転技術の一つだと思う。カーナビはあくまでも支援装置であり、それがなければすべて終わりというのでは、機械に操られているといわれても仕方がない。

クルマの進化には目覚ましいものがある。たとえばオートマチック車の登場は、クラッチ操作やギアチェンジを不要にした。それにより運転は格段にやさしくなり、エンストも起こりにくくなった。坂道発進で苦労した思い出を持つ人間は、今後どんどん減っていくだろう。電子制御式燃料噴射装置は、どんな状況でも最適の混合比を生み出せるようにし、チョーク操作をなくした。またパワーステアリングは、力のない人でも大きなクルマを扱えるようにした。

運転操作の容易さという点では、故障の確率を除けば、もはやこれ以上はないほどに進化したといっていいのではないか。後はドライバー自身が、運転技術を磨けばいいだけのことだ。それによって快適さも安全性も得られるはずである。

しかし自動車メーカーは、開発目標を次のステージに進めることにした。ドライバー自身が磨かねばならない運転技術の分野に足を踏み出したのだ。つまり運転支援装置の開発である。

その代表格であり、最初に地位を築いたのは、おそらくアンチロックブレーキシステムだろう。滑りやすい路面で急ブレーキを踏んだ時でも、コンピュータによって四つのタイヤのブレーキを別個に制御して、結果的に最短距離で制動が利くようにしたものだ。じつに優れた発明である。しかしこれが普及したことで、濡《ぬ》れた道でも平気で急ブレーキを踏む人が増加したのも事実だ。何事も起こらずに運転を継続できるから、自分がどれだけ危険なことをしたのかを自覚しない。路面によってはタイヤが滑ることもある、という事実を学習する機会もなくなる。

支援装置の充実は、こうした危険を孕《はら》んでいると思う。

本誌前号（「ダイヤモンドLOOP」〇三年十一月号）の『テクノロジートレンド総予測』という特集記事では、クルマの将来についても触れられていた。ドライバーのペダル操作やハンドル操作は一旦《いったん》電気信号に置き換えられ、その信号に基づいて各部分が動かされるドライブバイワイヤ方式が今後は取り入れられるだろうという予測だった。

このネーミングはたぶん、航空機におけるフライバイワイヤから取ったのではないかと想像する。航空機の分野では、すでに操縦士の操作を一旦電気信号に置き換えるというシステムが確立している。

このシステムが出来上がれば、支援装置を付加するのはたやすくなる。電気信号をコンピュータに入れ、その命令が不的確なものであれば補正して各機器に伝える、ということも可能になる。極端な話、前方に障害物があるのにドライバーがブレーキと間違えてアクセルを踏んだ場合でも、コンピュータはドライバーの判断ミスに気づいて、ちゃんとブレーキのほうを作動してくれるというわけだ。

たしかに安全は確保される。しかしそれで本当にいいのだろうか。踏み間違いをしたドライバーは、自分の過ちを知ることなく運転を続けることになる。気づかせるために警報を鳴らす等の手もあるだろうが、起こらなかった事故にはドライバーは鈍感なものである。どうやらあぶなかったみたいだな、で済ませてしまう可能性が高いことを危惧《きぐ》する。

クルマが使いやすく便利になるのは大いに結構だ。しかしドライバーたちの責任感を薄め、運転技術向上への意欲を奪うような支援装置の付加は、クルマ社会を破壊することに繋《つな》がるのではないだろうか。なぜならその社会は、人間同士が築き上げていかねばならないものだからだ。

人身事故が起きた時、ドライバーがこんなふうにいう時代が来ないことを祈る。

「俺が運転してたんじゃない。コンピュータが運転してたんだ」

（「ダイヤモンドLOOP」〇三年十二月号）

滅びるものは滅びるままに

現在、ある雑誌で朝顔に関する小説を連載中である。しかも驚くなかれ、黄色い朝顔だ。と書いても、たぶん多くの人はぴんとこないだろう。黄色い朝顔でなぜ驚くのか、と不思議がるのがふつうだと思う。

朝顔はその種類において、じつにバラエティに富んだ植物である。多くの人は小学校で習った、例の丸い花を思い浮かべるだろうが、あれは大輪朝顔という代表的な一品種にすぎない。じつは色や模様だけでなく、花や葉が多様に変わる、変化朝顔という一連の品種が存在するのだ。わかりやすくいうと、突然変異が頻繁に起こる種である。それらの中には、花を見ただけでは朝顔とはとても思えないものも多い。

さて、で、なぜ黄色い朝顔に着目するのかというと、それだけ多様な変化を見せる花にもかかわらず、現在、黄色い花を咲かせる種は存在しないのだ。だから幻の朝顔ともいわれている。

もちろん、そういった話は他の花でも多い。代表的なのは青い薔薇《ばら》だ。様々な研究機関が、人工的に青い薔薇を作りだそうとしているが、まだ成功例はない。作りだせた例としてはカーネーションが有名である。サントリーの花事業部が、青色の酵素を持つペチュニアの遺伝子を使って、本来は存在しない青いカーネーションを生み出した。

しかしこれらの夢の花と黄色い朝顔には根本的な違いがある。青い薔薇や青いカーネーションは元々自然界にないものだが、黄色い朝顔はかつて存在したのだ。

朝顔栽培が最も盛んに行われていたのは江戸時代の文化《ぶんか》文政《ぶんせい》期や嘉永安政《かえいあんせい》期だが、当時の文献には、ちゃんと黄色い朝顔が紹介されている。鮮やかな黄色で、クリーム色とかではない。しかし明治以降、変化朝顔の栽培が中断されていた時期があり、記録に残っている種のいくつかが、もはや再現不能となっている。黄色い朝顔もそうしたもののひとつだ。

拙作は、バイオテクノロジーを使い、絶滅した黄色い朝顔を作りだそうとする人間の話である。このテーマを思いついた時、ロマンのある話だと思った。しかし、絶滅種を復活させることの意味を深く考えるうちに、果たしてそんな呑気《のんき》なことをいっていていいのだろうかと思うようになった。

いうまでもなく、世界中のいたるところで多くの生物が絶滅している。日本でもトキがついに絶滅し、イリオモテヤマネコもその道を辿《たど》りつつある。そこでそれらのDNAを保存し、クローン技術によって蘇《よみがえ》らせるという手法が検討されるようになった。

羊のドリーが誕生した時、私が真っ先に思い浮かべたのも、そういうことだった。これで貴重な動植物を失わなくて済むと思った。うまくすれば、古代の生物を復活させられるかもしれないと夢想した。実際、マンモスを作りだそうとしている研究者がいる。シベリアで氷づけになっている化石からDNAを取り出してクローンを作るわけだ。状態のいいDNAを見つけるのは困難だろうが、技術的には十分に可能なことである。

それらの研究にけちをつける気はないし、応援したい気持ちがないわけでもない。しかし絶滅種が蘇った後のことを空想しても、あまり浮き浮きとした気分にはならない。むしろ割り切れない気持ちのほうが強い。

復活したクローン生物たちはどのように扱われるのだろうか。もう二度と絶滅しないよう、人間の手によって大切に保護されるのか。それとも、「その気になればいくらでも作りだせるから」という理由で、使い捨てされるのだろうか。いずれにしても、その光景はあまり愉快なものではない。後者の場合はいうまでもないが、前者の場合においてもだ。

日本産最後のトキが保護センターで飼育されていた光景には、もの悲しさが漂っていたように思う。

我々が失ったものはトキそのものだけではない。トキが十分生息できる環境がまず滅んだのだ。イリオモテヤマネコの絶滅を恐れるのは、珍しい動物が消えるのが悲しいからだけではなく、彼等がひっそりと暮らしていけるような貴重な環境が、また一つこの世界からなくなってしまうのを受け入れたくないからだ。

仮に彼等を復活させられたとしても、彼等が生息できた小世界は滅んだままだ。それで彼等を救ったことになるのか。彼等はそれぞれの小世界のシンボルにすぎず、それだけを蘇らせたとしても、失ったものを取り戻したことにはならない。

もちろん、張本人は我々人間だ。乱獲、生息地の破壊、家畜との接触などが、有史以後に起きた絶滅の主な原因である。

つまり人間が責任をとるとしたら、彼等から奪った小世界を、まず元に戻さねばならない。だがそんなことは可能だろうか。技術的には不可能ではないかもしれないが、それをするには人間たちが描く未来図を変える必要がある。

人間は自分たちの繁栄を最優先させるという前提で、いくつかの選択を行ってきた。他の生物の聖地を破壊してきたのも、そうした選択の結果だ。つまり環境を蘇らせるということは、自分たちの繁栄を最優先しない、というふうに方針転換することを意味する。そんなことに、一体どれだけの人が同意できるだろうか。

ふだんは科学文明に支えられた都会に住んでいて、リフレッシュしたい時だけ人里離れた場所に行き、そこが文明によって侵食されてくると、「自然を守れ」と声高に抗議する人がいる。しかしそこに住んでいる人たちにだって、科学文明を享受する権利はあるのだ。

もはや環境を戻すことはできない、と私は思う。

『つまり、あるものはあるがままに、というのが私の考えなのです。逆にいえば、消えたものは消えたままに、ということになります。ある種が滅びたということは、滅びるだけの理由があったわけです。人間が考えもつかないような広大な自然連鎖の結果として、黄色い朝顔はこの世界から消えたのだと私は考えています。それを、バイオテクノロジーで復活させようとするのは、何かの映画であったような、恐竜を復活させようとするのと同じことで、滅びた種にとっても人間にとっても、必ずしも幸福なことではない』

これは前述した連載小説の一部だ。黄色い朝顔を復活させようとする主人公に対して、朝顔愛好家がいう台詞《せりふ》だ。今のところ、作者の私にも、主人公と朝顔愛好家のどちらが正しいのか、結論を出せないでいる。

ただいえることは、トキやイリオモテヤマネコを復活させられるとしても、人間が罪を償った気になってはいけないし、世界が元に戻ったわけでもないということだ。彼等は今の世界では生き続けられない存在で、そんな世界を作ったのは人間たちだ。そして人間たちは、もはやこの世界でしか生きられない。

もちろん、自然破壊が永遠に続くわけではない。いずれは終わりがくるだろう。ただし、それは人間の手によるものではないと推測する。人間にはそんな力はないし、それは自己否定でもある。

自然破壊が終わるのは、人間が絶滅した時だろう。そして地球は、その日が確実に来ることを知っているし、それを待ち続けているのかもしれない。

あなたのDNAが保存されていて、人類滅亡後に何者かによって、あなたのクローンが復活させられたとする。

彼あるいは彼女は、果たして幸せだろうか。

（「ダイヤモンドLOOP」〇四年一月号）

調べて使って忘れておしまい

この連載エッセイをスタートさせた頃、科学技術の進歩が執筆活動にどのような影響を及ぼしたか、ということについて書いた。いろいろと苦労させられることもあるが、まあ概《おおむ》ね便利になったというのが私の感想だ。特にインターネットで簡単に調べものが出来るというのは、作家にとって大変ありがたいことである。もちろん本格的に取材しようと思えば、実際に出向いたり、関係者と会って話を聞いたりするのがベストだが、描写や説明に少し色をつけるのが目的の場合は、インターネットは断然有効だ。世界中の、ほぼあらゆる分野のことを、部屋にいながらにして調べられる。しかも24時間OKだから、深夜執筆することの多い人種にとっては、もはやなくてはならないものといっていいのではないか。

調べものをする時、インターネットと共に私がよく使うのは電子辞書である。二つ持っていて、仕事場と居間に置いている。どうして居間に、と思われるかもしれないが、じつは仕事場でよりもよく使う。雑誌を読んでいる時、テレビを見ている時、ただぼんやりと煙草を吸っている時など、ふと疑問が頭に浮かんだら、すぐに調べられるようにしてあるのだ。たとえば音楽を聞いていて、こんなふうに疑問に思ったとする。

「黒人音楽のラップって、食品ラップと何か関係があるのかな」

そばに誰かいたら、一応尋ねてみるかもしれない。しかし私のそばには大抵、ペットの猫しかいない。そこで電子辞書の登場となる。指先でちょこちょこっと文字を入力すれば、簡単に答えを得られる。音楽のラップはｒａｐで、食品ラップのほうはｗｒａｐで、両者は全くの別物だと判明するわけだ。ついでに競馬などで使うラップタイムのラップはｌａｐで、これまた別物。ラップっていろいろとあるんだな、おお、乱舞と書いて「らっぷ」と読むこともあるのか、という具合におまけの知識が身についたりもするのだ。私の愛用している電子辞書は百科事典も入ったやつなので、大抵の疑問は解決する。

教師をしている姉も、居間に百科事典を置いていた。「少しでも疑問に思ったことがあれば、すぐに調べられるように」という、じつに教師らしい意見を述べていた。もっとも彼女の持っているのは本物の百科事典で、全部で二十巻以上ある。それだけで本棚はいっぱいだし、引っ張り出すのも一苦労だ。その点電子辞書は本当に便利だ。

ただ、秋葉原の電気街で電子辞書を選ぶ時に思ったことだが、様々なメーカーがいくつもの機種を出しているにもかかわらず、百科事典の入っている機種が意外に少ないのだ。店員に尋ねてみると、こんな答えが返ってきた。

「百科事典の入っている機種を希望するお客さんは少ないですね。国語辞典と英和、和英の辞書があれば、あとは使いやすくてなるべく安いものをって感じじゃないですかね」

うーむ、そうなのか。百科事典はなくていいのか。まあ、消費者がなくていいと思っているのなら、メーカー側もわざわざ記憶容量を大きくしてまで、つまり値段を高くしてまで入れようとは思わないだろう。

それにしても一体どんな人が買っていくのだろうか。それについても質問してみた。

「会社員の方か、あとは学生さんですね」

えっ、学生が？ ちょっとびっくりした。最近の若者って、金を持っているんだなあ。

そういえばつい最近、新刊本の宣伝のためにいくつかの書店を回ったのだが、店長の一人がこんなことをいっていた。

「新学期シーズンになっても、辞書の類《たぐい》は売れなくなりましたね。かつては、ある程度の数を見込めたんですが、今は学生さんが買ってくれないんです」

その理由として、やはり電子辞書をあげていた。私はここでも、今の学生は金持ちなんだなあ、という感想を述べた。すると店長はこういった。

「金を出すのは親ですよ。国語辞典、英和、和英の辞書、それから漢字辞典なんかを別々に買うと、結構な金額になりますからね。電子辞書をひとつ買ったほうが結局安くなっちゃう場合もあるんです」

私は知らなかったのだが、今では学校に電子辞書を持っていってもいいのだそうですな。つまり英語の授業なんかで、堂々と使えるわけである。

「今の学生は楽でいいよなー」というのが、その時一緒にいた編集者との一致した意見だ。

それは単に持ち運びがしやすい、という理由からではない。使っている人ならおわかりだろうが、電子辞書はとにかく調べやすい。たとえばｄｉｃｔｉｏｎａｒｙという単語の意味を調べるのに、全部を入力する必要はない。アルファベットを一文字打ち込むごとに候補が絞られていくから、ｄｉｃｔｉあたりまで入力すれば、目的の単語に辿《たど》り着ける。分厚い英和辞典をめくっては、細かい文字と睨《にら》めっこしていた人種としては、本当にうらやましい。単語カードを作るのだって屁《へ》のカッパだ。いや、そもそも今はそんなものを作る必要はないわけだな。

そんなふうに思っていたら、もっとすごい電子辞書が発売されていると知った。なんと、文字を入力する必要さえないというのだ。

それは太いペンみたいな恰好《かっこう》をしている。その先に極小のスキャナーがついていて、それで目的の単語をなぞればいいのだそうだ。印刷物などの活字ならば、機械が勝手に読み取って、単語の意味を液晶ディスプレイに表示してくれるのだ。まさに魔法の辞書である。片手ですべてが済んでしまう。

しかし、と中年男としては考え込んでしまう。便利なのはわかるが、本当にそれでいいのか。

電卓が爆発的に普及し始めた頃、学校でこんな問題が起きた。小学生が算数の宿題を電卓を使って解くので、ちっともトレーニングにならない、というのだ。子供たちの中には、電卓をこっそり学校に持ってくる者もいるということだった。

私の印象だが、若い世代の計算能力が落ちているように感じる。消費税を含めた値段を出すだけのことに、いちいち電卓を使う人を見ると、気のせいではないと確信してしまう。計算能力は子供の頃に鍛えないと身につかない。電卓が、彼等から鍛錬の機会を奪ってしまったせいだ、というのが私の推理である。

便利すぎる電子辞書を見ると、同様の不安を覚える。なぜなら、本来の辞書で何かを調べるという行為には、鍛錬の意味も十二分に含まれているからだ。たとえば英単語の意味を調べる時、まずは一旦《いったん》そのスペルを頭に入れてから辞書を広げる。途中で忘れたら、また見直す。覚え違いをしていたら目的のページに辿り着けないから、何度もスペルを確認することになる。そういったことの繰り返しで、徐々に頭に入っていくものではないのか。同時に、英語に関わる脳細胞を鍛えることになるのではないのか。ペン型電子辞書でさっと文字をなぞって答えを得る、こんなことをして脳のどこが鍛えられるだろう。これは英語だけにかぎらない。国語辞典や漢和辞典の場合でも、調べるという行為によって得られるものは、その言葉の意味や漢字だけに留まらないはずである。

携帯メールは手紙を書くことに比べて、脳の前頭葉を殆《ほとん》ど使わないそうだ。だから若者たちがハマるんだという。なぜなら前頭葉を使うことにはある程度の苦痛が伴うからだ。

誰だって難しいことを考えたくない。頭を使いたくない。しかし、だからといってそのニーズに応《こた》えるだけでいいのだろうか。

子供たちを責めるのは酷だ。誰だって、苦痛から逃れられる方法があるなら飛びつきたくなるものだ。

だからこそ彼等の脳の発達に関しては、大人たちに責任があるのだ。

（「ダイヤモンドLOOP」〇四年四月号）

誰が彼等の声を伝えるのか

略歴を読んでいただければわかるように、作家になる前、私は某自動車部品メーカーで勤務していた。職種でいうとエンジニアということになるだろうか。インタビューの時など、その話が出ると大抵驚いた顔をされる。で、次のように訊《き》かれる。

「どんな仕事をされてたんですか」

最初の頃は、本当に相手がそのことを知りたいのだろうと考えて、

「生産技術です」

と真面目に答えていた。

ところがこの言葉が相手に伝わらない。当然だ。相手は小説に関するインタビューをするような人である。はっきりいって典型的な文系人間で、製造業のことなど知っているはずがない。多くの場合、戸惑った顔に半笑いを浮かべられるだけだ。中には、

「ははあ、すると青酸カリとか青酸ソーダとかを扱うわけですか」

と訊いてくる人もいる。ミステリ関連でセイサンと聞けば、そっちのほうが頭に浮かぶらしい。

そこである時期から、どういう仕事をしていたのかという質問に対しては、

「まあ、いろいろと研究する仕事です」

とだけ答えるようになった。理系の人間なら、じゃあどんな研究なのかと訊きたくなるのがふつうだが、文系の人たちはまずそんなことはしない。元々彼等は深い理由もなく、単に話の接ぎ穂として、仕事の内容を訊いたにすぎないのだ。

そのことにかぎらず、この世界、つまり文系の世界に入って痛感したのは、科学技術について関心を持っているのは、世間の人々のごく一部にすぎなかったということだ。無関心などというレベルではない。全く無知といっていいほどだ。

たとえば、会社を辞めて上京した際、出版社の人間数名から同じようなことをいわれた。

「いやあ、あんなにいい会社をよく辞めましたね。でも思い切って転職されたわけだから、早く以前の収入ぐらいは稼げるようにならないとね」

これを聞き、作家とはそんなに儲《もう》からない職業なのかと青くなった。私の計算では、どんなに本が売れなくても、年間に本を三、四冊出せば、会社員時代の収入は得られるはず

だったのだ。問題は、そんなに書けるかどうかということだったが、私には書ける自信があった。

結論をいうと、私の計算に狂いはなかった。やや悲観的に予想を立てていたこともあり、初年度から会社員時代の収入を上回れるようになった。ところが出版社の人間たちは、私の収入をほぼ把握していながら、こんなことをいうのだ。

「それでは食べていけないでしょう? エンジニア時代の収入を得るのは大変そうですね」

私は、彼等が一体私の会社員時代の収入をどの程度のものだと思っているのか、気になってきた。そこで率直に質問してみると、びっくりするような答えが返ってきた。

「そりゃあ、あれだけの会社なんだから、一本ぐらいはもらってたんでしょう?」

一本の意味が百万円ということではなさそうだ。つまり彼等は二十代半ばの技術系サラリーマンの年収を一千万円だと踏んでいたわけである。読者の皆さんの中には製造業界に勤めている人もいると思うし、そんな人たちは嘘だと思うかもしれないが、これは本当の話だ。

また、某小説に、メーカーの研究所に勤めているが給料が少なくて困っている男を登場させたら、校閲からクレームがついたことがある。メーカーの研究者なら、かなりいい給料をもらっているはずだ、というのだった。私はその根拠を問い質《ただ》してみた。返ってきた答えは、「根拠はないけど、そうではないのか」というものだった。

どうやら彼等はエンジニアや研究者のことを、選ばれた特殊な人間、と見ているようだ。自分たちの苦手だった数学や理科の成績が優秀で、その能力を生かした仕事をしているのだから、ふつうの人間よりも特別扱いされるのだろう、と勝手に想像しているらしい。彼等にしてみれば、数学や理科が苦手なのが「ふつう」で、そうでない人間は特殊ということなのだろう。

企業のトップが彼等と同じ考えなら、エンジニアや研究者たちにとって、これほど幸せなことはない。しかし実際は違う。経営者たちにしてみれば、どんなに画期的な研究であろうと、単なる勤務に過ぎないのだ。だから労働時間に応じた給料しか払わなくていいと思っている。青色発光ダイオードの発明者と会社側との間で発生した訴訟問題について知らない人は殆どいないと思うが、あれはそうした問題が凝縮された形で発生したものといえる。

事実出版社の人間などはあの顚末《てんまつ》を知り、

「どんなにすごい研究者でも、一人の会社員としてしか扱われないんですね」

などといっていた。皮肉なことに、科学技術について無知な人間のほうが、それを研究する者の貴重さをわかっていたということだ。

もっとも、では彼等はエンジニアや研究者のことをもっと知りたがっているか、というと疑問である。

ある小説中に、製造現場の様子を描こうとしたことがある。製造現場の厳しさを読者に伝えなければ全体のテーマが浮かび上がってこないと考えたからだ。ところがその原稿を読んだ編集者は、ストーリー自体は面白いといいながら、こんなふうに要求してきた。

「工場のシーンはいらないんじゃないですか。地味だし、難しいし、読者が喜ばないと思うんですけど」

小説の性質上、どうしても必要なのだと説明したが、なかなか理解してもらえなかった。そして話し合っているうちにわかってきた。彼は製造現場のことなど読まされたくなかったのだ。便利な機械が、誰のどんな苦労によって生み出されたかなんてのは、知りたくもなかったのだ。「どこかで誰かが作った」で、十分なのだ。

NHKの『プロジェクトX』という番組を知っている人は多いだろう。事実、なかなかの視聴率を稼いでいるらしい。しかし残念ながら、私の周りにあの番組が好きだという人間は少ない。あの番組について盛り上がれるのは、かつて私がエンジニアだった頃の知り合いだけである。つまり、何らかのモノ作りに携わった経験のある者だけが、登場人物たちに感情移入できるのではないか。そうでない人があの番組を見るのは、基本的にモノ作りではないプロジェクトが描かれた時だけではないのか。

バブル景気真っ直中《ただなか》の頃、ある編集者と話していて、今の世の中は狂っているという意味のことをしゃべったことがある。商社マンや広告マンばかりがもてはやされているが、彼等は単なる応援団にすぎないのだから、グラウンドで戦うプレーヤーも大事にしなければならない、と私はいった。プレーヤーとは無論、モノを作る側の人間のことだ。

するとその編集者は真面目な顔でこういった。

「でもコンピュータやロボットが発達してきたから、これからは人間がモノを作るなんてことは少なくなっていくんじゃないですか」

それを聞いた時、本気で腹が立った。コンピュータやロボットが勝手に発達していくと思うのか、そもそもおまえはそれらのことをどれだけ知っているのか、と。

書物を発行するということは、同時代に生きる人々の声を代弁するということでもある。だがそのスポークスマンが、科学技術やモノ作りに携わる人々に対して無関心なら、一体誰が彼等の声を世間に伝えるのか。

理系と文系、この両者の間には依然として分厚い壁が存在する。私は、たまたまそれを越えてきた。だからこそ、壁の向こうの世界について語ることも、自分の義務であろうと今は考えている。

(「ダイヤモンドLOOP」〇四年五月号)

理系はメリットか

人間を理系と文系に分けることに大きな意味はないと思うし、そもそもどうやって分けるのかという問題があるわけだが、まあ出身大学、勤務経験なんぞで大雑把に分ければ、私は間違いなく理系ということになるだろう。

で、理系の作家というのは少ない。理系の道をがんがん進んでしまうと、途中から小説家なんていう道へ渡る橋は極端に少なくなってしまう、というより殆《ほとん》どなくなってしまうからである。小説家になろうとする人の多くは、それまでの経験や知識を作品に反映させようとするわけだが、理系のそれらはなかなか小説というものには馴染《なじ》まないのだ。特に長く理系で生きていると、習得した知識や経験は専門性が強くなり、一般人相手の小説の材料にするのは極めて困難である。だからまあ私が作家になれたのも、早いうちに理系からドロップアウトしたからだといえる。

だが競争の激しいこの世界、特徴がないよりはあるほうがいい。というわけで、私も理系の特性をわりと前面に出すようにしている。

親しい作家からも、「科学技術に強いからいいよね」と羨《うらや》ましがられることも多い。強いってほどではないが、たしかに科学関係のことなら取材もわりと楽だし、資料を読むのも苦にならない。コネクションだっていっぱいある。

しかし裏を返すと、じつはそれしか武器がないということなのだ。本当にもう、ほかのことはさっぱりである。辛うじて何とかなるのはスポーツぐらいか。最も苦手なのは歴史で、江戸時代の出来事となると、期間が長いだけに年代がかなりあやふやである。忠臣蔵の時代を結構幕末近くにイメージしてたりするから自分でも怖い。じつはつい最近まで歴史雑誌に連載小説を書いていたのだが、「著者初の歴史ミステリ!」とびっくりマークをつけてまで宣伝してもらったにもかかわらず、内容は江戸時代に存在したといわれる黄色い朝顔を現代に復活させようという、誰がどう見ても科学ミステリであった。あれじゃあ詐欺だよな、と自分でも思う。

また最近では、理系の血が身に染みついているというのは、作家として必ずしもメリットではない、むしろデメリットのほうが多いんじゃないか、と思うことも時々ある。特にほかの作家の評判になっている作品を読んだ時などに強く感じる。

少し前まで推理小説を対象にした某文学賞の選考委員をしていたのだが、科学的に見て、いくらなんでもこのトリックは無理がありすぎるんじゃないか、と思われる作品が、時折候補作として上がってくる。で、選考会場でその点を指摘するわけだが、意外なことに、ほかの選考委員はあまり気になっていない、ということが多々あるのだ。

たとえばある作品の中に、車に轢《ひ》かれた人間が衝撃で電線まで跳ね上がる、というシーンがあった。私はこんなことは絶対にありえないと断言した。横から走ってきた車にぶつかって、なぜ上に飛ぶのか、と。その部分は謎解きにおいて重要だったから、小説の文学的価値はさておき、トリックについてはとても首肯できるものではないと主張した。

ところが唾《つば》を飛ばしてまで語った私の論に対し、ほかの選考委員は今ひとつぴんとこない様子だ。「ゴルフクラブのフェースに角度がついていれば、ボールは上に飛ぶんだから、人がフロントガラスに当たればそういうこともあるんじゃないか」という意見まで出る始末である。いや、ゴルフボールの場合は弾性があるからそうなるのであって、人の身体には弾性が殆どないから、ただ潰《つぶ》れるだけで――と解説しても、苦笑いされるだけだった。

結局その作品は受賞しなかったのだが、その理由は私が主張した内容が通ったからではなく、別の委員が指摘した文学的瑕瑾《かきん》だった。何だか一人だけ的はずれな指摘を最初から最後までしゃべっていたみたいで、ひどく惨めな気持ちになった記憶がある。

科学的整合性というものについて、ほかの人は自分ほどこだわらないのだな、と思ったのはこの時だけではない。科学的に見て、とてもありえないような仕掛けが使われていたとしても、そのことだけが原因で作品の評価が下がることはない、というのが私の印象である。むしろ、多少強引であるだけに、魅力的な謎を提示することも可能なわけで、その部分が高く評価されるということのほうが多いように思われる。

理系の血が染みついていることは必ずしもメリットではない、と思ってしまう理由はここにある。つまり、あまりに科学的整合性にこだわりすぎてしまうと、大胆な発想ができなくなってしまうおそれが多分にあるのだ。間口を狭くする、という言葉があるが、まさにそれである。発想の間口を自分で狭めている可能性は否定できない。

私の作品にひとつだけ、タイムスリップを使ったものがある。未来の息子が、過去の父親に会いに行くという話だ。今度その作品がドラマ化されるのだが、プロデューサーや脚本家は、当然のことながら原作を多少アレンジしようとする。私は基本的に、面白いものが出来るのならどのように変えられても構わないというスタンスだ。しかし彼等がやろうとしていることを聞き、それはとても無理だと回答した。

彼等は何とかしてラストシーンで、過去に撮った父子の写真を視聴者に見せようとしていた。しかもパソコン画面上に表示させたいようだった。そのため、過去にタイムスリップした息子が、デジタルカメラで撮影するというシーンを入れねばならなかった。ただし、カメラは過去へは持っていけない。そこでパソコンの天才少年でもある息子が、過去でデジタル画像を撮れる機械を作りだす必要があった。

絶対に無理です、と私は断言した。液晶画面すら、まともになかった時代である。秋葉原でどんなに部品を買い揃えても、そんな機械を作りだすことなど不可能だった。仮に作ったとすれば、とても持ち運びできないような大きなものになってしまう。現在のデジタルカメラが小さいのは、専用のLSIが開発されたからにほかならない。

それでもプロデューサーたちは諦《あきら》めきれない様子だった。とにかく最後に、父子の写真を、しかもデジタルで出したいのだという。

私は頭を捻《ひね》った。当時の科学技術のレベルを調べ、多少強引でもいいから、デジタル化された画像情報を未来に残す方法はないものかと考えた。その結果、ようやくひとつの答えを出した。

プロデューサーは感謝してくれた。が、結局私のアイデアは採用されなかった。あまりに説明が煩雑になるからだった。そして彼等がこだわったラストシーンは削除されることになった。

これは成功例ではない。だが私にひとつの教訓を与えてくれた。プロデューサーや脚本家の科学に対する無頓着《むとんちゃく》を笑うのは容易だが、それゆえ彼等は素敵なラストシーンを発想することができたのだ。結果的に捨てざるをえなかったシーンだが、科学にこだわりすぎて間口を狭めていたら、決して出てこない発想だっただろう。そしてそういう自由な発想の積み重ねこそが、いつか科学的にも問題のない鮮やかなアイデアを生む土壌になるのではないだろうか。

科学という枠にとらわれず、まず自由に発想してみること――理系出身の作家が、心がけねばならないことだと思う。

と、ここまで書いてみて気がついた。小説家になったから、そういうことに気をつけねばならなくなったのか。

先入観を捨てよ、既存の技術に縛られるな、常識を疑え――何のことはない。これらは私がエンジニアだった頃からいわれてきたことだ。

理系人間というのは、ひとつのことを深く探究することは得意でも、もしかすると発想を広げるのは苦手なのかもしれない。そういえば、何人もの技術者が取り組んでも解決しなかった問題が、まるで門外漢だった文系人間の一言で解決した、なんていう話をよく聞く。技術者が作ったはずの携帯電話なのに、女子高生が思いもかけない使い方をして、開発者を驚かす、なんてことも日常茶飯事だ。

理系作家なんていう看板は、これからはあまり出さないほうがいいかもしれないな。発想が貧困だと思われそうだ。もっとも、貧困なのはおまえだけで、だから理系から落ちこぼれたんだろ、といわれたら返す言葉がないが。

（「本の旅人」〇四年八月号）

少子化対策

盛り上がらない話題で申し訳ないのだが、少し前に母が亡くなった。八十一歳だった。ずっと前から医師に覚悟しておくよういわれていたのでショックはなかった。むしろ我々子供たちにとって一番の悩みは、残された八十六歳の父をどうするか、ということだった。

二人の姉は、それぞれの連れ合いの親たちと同居している。私は独身だ。誰かが引き取って面倒をみるというのは、なかなか難しいのだった。

この原稿を書いている時点で、まだ結論は出ていない。母の法事がいろいろと残っていて、その打ち合わせなどで子供たちが集まるたびに議論する、という繰り返しだ。父の本心についても、まだ完全には把握しきれないでいる。

正直いってこれは深刻な問題だ。私だけでなく、多くの人々が同様の難問を抱えて悩んでいるのではないかと推察する。

ただ私には、よかったな、と思うことが一つある。それは、父の年齢のわりには、自分がまだそれほど歳をくっていないことだ。

私は現在四十六歳だ。父が四十歳の時の子供ということになる。はっきりいって小さい頃はそのことが不満で仕方がなかった。同級生たちの親に比べて、どうして自分の親はこんなに老けているんだろうと思った。将来のことをリアルに考えられる思春期に入ると、その憂鬱《ゆううつ》さは増大した。四十歳違いということは、自分が二十代になれば父は六十代だ。六十代なんて単なる役立たずの老人だとしか思わなかったから、若いうちから年老いた両親の面倒をみなければならないのかと絶望感さえ抱いていた。

しかし現実は、私が恐れていたようなことにはならなかった。健康な両親は六十を過ぎても七十を過ぎても老け込むことがなく、私は同世代の多くの仲間たちと同じように、自分のことだけを考えていればよかった。しかも職人である父には定年がなく、つい最近まで経済的な援助さえ不要だったのだ。

そして父が人生の終着駅に近づきつつある現在、私には、会社員の一般的定年年齢である六十歳まで、まだ十数年も残されている。このことは正直助かったと思う。もし父が二十代半ばの時に私が生まれていたら、今はもう六十歳前後だ。父のことよりも自分の老後を心配しなけりゃならない時期にさしかかっている。

かつて私は両親に、「どうしてそんなに歳をとってから子供を作ったんだ」と責めたことがある。今、そのことを大いに反省する毎日だ。よくぞ遅くに作ってくれた、と心の底から感謝している。

この経験から、今後の少子高齢化社会への対応について考えを巡らせてみた。

私の知り合いの作家に、二年前に子供を作った人がいる。彼は私にこういった。

「子供が成人する頃には僕は六十代半ばだ。その時のことを考えると不安になる」

比較的高齢で子供を作った人たちの中には、彼と同じようなことをいう人が多い。しかし、なぜ不安になるのだろうか。自分が老後を考え始めるのとほぼ同時期に子供が成人するのなら、ちょうどいいじゃないか。

子供は若いうちに作ったほうが後が楽――これはよくいわれることだ。さっさと産んで、さっさと育て、子供が一人前になった後、夫婦でのんびりと人生を楽しみたい、そんな考えがベースにあったのだろう。だが、そういうことがいわれた時代と現代とでは、社会も個人のライフスタイルも変わりすぎている。

平均寿命の延びについては、今さらいうまでもないだろう。新生児の死亡が減少したことが最大の理由といわれるが、約四十年間で百歳以上の人口が百倍になったことから見ても、現実に人々が長生きするようになったのは事実だ。

ただ長生きしているだけでなく、各年代とも若返っている。かつては五十歳を過ぎれば誰でも老人っぽく見えたものだが、今ではそんな人は少数派だ。二十代なんて、昔の人間と比べれば幼く見えてしまうほどである。

つまり我々の人生は、バネを伸ばすように、少年期、青年期、壮年期といったもののそれぞれの期間も長くなっているのだ。

ところがこうした肉体の変化に社会がついていっていない。その一例が定年年齢だ。これほど寿命が延びたというのに、まだ大部分の企業が六十歳としている。これでは引退後の期間が長くなるだけだ。

さらにもう一つ大きな問題がある。子供を持つか持たないかを決定する時期が、何十年も前から変わっていないということだ。

たとえば女性が三十五を過ぎると高齢出産といわれる。だから多くの女性は、それまでには子供を持つか持たないかを決定しなければ、と思ってしまう。現実には二十代半ばから三十歳前後の期間だろう。人生が延びているのに、子供を作るか否か、という極めて重大な問題に取り組む時間だけは短いままなのだ。

しかも働く女性にとって、男性と同様、仕事を覚えてからの十年間というのは、その後の十年よりもずっと重要だ。その大切な期間に、出産や育児で一、二年のブランクを作るというのは、仕事人としてのキャリアに大きなハンディになるのは目に見えている。

私は、我が国の少子化傾向の最大の理由は、「女性が子供を産むチャンスを逃しやすい世の中になってしまった」ことにあると考える。今は、三十歳を過ぎたらおばさん扱いされる、という世の中ではない。人生が延びたように、女性が若く、美しく、仕事に生き甲斐《が》を見《い》いだせる期間も延びた。それなのに出産を検討する時期と期間だけが昔と同じでは、多くの女性がいつの間にかタイミングを逃してしまうというのは、当然起こりうることだと思う。酒井順子さんは未婚、子ナシ、三十代以上の女性を「負け犬」と表現したが、勝ちか負けかを判断するには、三十代ではまだ早すぎると思うのだ。

少子化に歯止めをかけるには、女性が出産を検討できる期間を大幅に広げるしかない、と私は考える。会社に入ってから十年ぐらいは仕事に集中し、その後、結婚して子供を作る、というのがふつうの世の中になれば、今まではもう歳だからと諦《あきら》めていた女性たちも、子供を作ることを考えるようになるのではないか。

実際、女性たちの意識の流れはそのようになっている。昭和五十年には三十五歳以上の出産は全体の三・八パーセントだったが、現在では約一〇パーセントにまで増加している。馬鹿な政治家は高齢出産の増加を苦々しく思っているようだが、我が国を救うヒントはここに隠されているのではないか。

とはいえ、高齢出産にはリスクもつきまとう。その主たるものは医学的な問題だ。そこで国としてすべきことは、女性が高齢になっても安心して妊娠し、出産できる医療体制を整えることである。女性機能の老化防止にも力を注ぐべきだ。男の側は、バイアグラを飲んだりして爺《じい》さんになってもがんばれるのに、女性のセックス年齢は頭打ちというのでは不公平でもある。

父親が四十歳、母親が三十五歳で初産、というケースが珍しくない世の中にしていかなければならない。その年齢なら、経済的にも多少はゆとりもあるはずだ。子育てに昔ほど体力を必要としなくなっているし、その年代はまだまだ元気だ。軟弱な二十代よりも元気だったりする。人間的にも成熟しているから、子供を虐待するような親も減るのではないか。「子供が子供を育てているよう」と揶揄《やゆ》されることもなくなるはずだ。

ただし、定年年齢の変更も不可欠である。現状より、五年から十年の延長は必要だろう。それが実現すれば、親が九十歳近くになっても、まだまだ現役世代でいられる。

寿命が延びたのだから、女性が美しく、可能性に満ちている時間も長くすればいい――我々の目指すべき道はわりとはっきりしていると思うのだがどうだろう。おまえのストライクゾーンを拡げたいからそんなことをいうんだろ、という声も聞こえてきそうだが、もちろんそれも大いにある。

（「本の旅人」〇四年九月号）

北京五輪を予想してみよう

たぶんこの拙文が掲載される頃には古い話題になっているであろうが、アテネ五輪に触れてみたい。閉会式が終わった直後で、まだ興奮が冷めていないのだ。

アテネでの日本の最終成績は、金16銀9銅12のメダル獲得合計37だった。びっくりの数である。大会前に私が予想した金メダルの数は8つだった。その内訳は、男女柔道で各2の合計4、女子レスリングで2、北島と室伏のどっちかで1、その他どっかで1、というものだった。野球、女子ソフト、女子マラソンは金を取れないと予想した。大はずれである。こういう嬉《うれ》しい誤算なら大歓迎だ。しかし本当に日本は強くなったのだろうか。北京大会も今回のように大活躍してくれるのだろうか。そこで各競技を振り返りつつ、私なりに北京大会の獲得メダル数を予想してみることにした。

今大会で、最もたくさんのメダルを獲得したのは柔道である。柔道は東京大会から正式に競技になっているが、その階級は細分化されている。東京大会では四階級にすぎないが、アテネでは七階級もある。また東京大会にはなかった女子柔道がバルセロナ大会から正式種目に加わっている。つまり柔道だけで十種目も増えているのだ。

男子柔道に限れば、東京大会からアテネまでの金メダル獲得数の推移は、3、3、3、4、1、2、2、3、3である。4個獲得したのはロス五輪で、東側の国が出なかったのだから、割り引いて考える必要がある。つまり東京大会から特に大きな変化はなく、アテネにおいても、過去と同程度の成績に留まったとみることができる。

問題は女子柔道だ。バルセロナからアテネまでの推移は、0、1、1、5で、これは大躍進といえるだろう。

しかし男子にしろ女子にしろ、北京大会もこの調子でいけるとは思えない。アメリカが力を入れていない競技は、中国にとっておいしいわけだ。ソウル大会での韓国と同様、柔道でのメダル大量獲得を狙ってくるだろう。というわけで日本は苦戦必至で、金は男女合わせて3個と予想する。

女子柔道と同様に大活躍だったのが女子レスリングで、四階級中、二階級を制した。金を逃した残り二つの階級でも、銀と銅を取っている。今回は強い大和撫子《なでしこ》に日本が助けられたといっても過言ではないだろう。

しかし、だからといって今後もこの種目をあてにするのは甘い。女子レスリングはこれまで正式種目でなかったから、外国人たちが積極的に取り組んでこなかったというのも事実である。オリンピックのメダルを取れば一生生活に困らない、という国においては特にそうだ。日本にはたまたま、「オリンピック種目だと信じていた」という伊調姉妹や、父親をプロレスラーに持つ浜口選手がいてくれたから、今回のような結果を得られた。正式種目になった以上、身体能力に優れた外国人少女たちが、「メダル獲得の狙い目」とばかりにレスリングに取り組むことは大いに考えられる。そしてその筆頭は、やっぱり中国だろう。

今回出場の四人はまだ若いから、北京大会でもがんばってくれるだろう。金2つは死守できると予想したい。

柔道と女子レスリング以外で日本がメダルを取った競技は以下の通りだ。

競泳……金3　銀1　銅4
陸上……金2
体操……金1　銀1　銅2
シンクロ……銀2
自転車……銀1

アーチェリー……銀1
野球……銅1
ソフトボール……銅1
ヨット……銅1
男子レスリング……銅2

こうやって並べてみると、いろいろな競技で満遍なくメダルを取っているように感じるが、全体の競技数から見れば、ごくわずかだ。アテネは28競技301種目もあったのである。ほかの競技は一体どうなっちゃったんだろうと不思議になるが、もちろん日本人選手は出ていた。単にメダルを取れるレベルになかったということだ。その理由は競技人口の少なさにある。だがこれは無理もない話というべきだろう。そもそも日本人には、「オリンピックでメダルを取りたいから、好きではないけど、その競技をやっている」という人は少ない。金メダルを取ったところで、もてはやされるのは一時だけで、すぐに忘れられることを皆が知っている。国から報奨金が出るといっても、一生面倒みてくれるわけでもない。それならメダリストになれなくたって、好きなスポーツをやってたほうがいいや、となるのは当然である。

しかし中国は違う。サッカーをやって女の子にもてるより、不人気スポーツでもメダル獲得の可能性のある道を選ぶという人が多数派なのだ。たとえば今回、アーチェリーの女子団体決勝は、韓国と中国の戦いとなった。韓国はソウル大会以降、急速にこの種目に力を入れてきて、現在では完全にお家芸にしている。欧米人に比べて体格的に恵まれないアジア人がメダルを取るにはどんな種目がいいか国全体で考えた末、アーチェリーという結論に至ったのだ。同様のことを中国が考えないわけがなく、北京大会に向けての強化は始まっているのだろう。女子団体の結果は、それを物語っていると思う。今回日本は山本選手の奮闘で銀メダルを獲得したが、北京大会は難しいとみる。

野球、ソフトボール、シンクロ、男子レスリングなどは、これまでの大会でも実績を残してきた競技であり、アテネで躍進したという印象はない。しかし北京大会で、突然低迷するということもないだろう。やはり今回と同等とみるのが妥当ではないか。シンクロにはそろそろ金をくれてもいいじゃないか、と思ってはいるのだが。

さて陸上。日本が女子マラソン界をリードするようになったのは最近のことではない。男子ハンマー投げは、偉大な室伏父子がいるだけのことで、日本が強いわけではない。この二種目については、やっぱり期待していいと思う。ハンマーについては、新たなドーピング法を使った選手が出てこないことを祈るのみだ。

ほかの陸上競技については、残念ながらあまり期待できない。中国の劉翔《りゅうしょう》選手が11

0メートルハードルで金メダルを取ったが、同じようなことが日本人にできるとはとても思えないのだ。というより、室伏選手と同じぐらい劉翔選手が別格と考えるべきだろう。

これまでよりも明らかにメダル数を増やした競泳と体操はどうだろう。特に競泳は、ロサンゼルスからアトランタまでで獲得したメダル総数はたったの2。それがシドニーで銀2銅2を取り、今回は一気に伸ばした。北島というスーパースターがいたこともあるが、彼以外の選手も活躍した。入賞した選手も多いし、平均年齢も低い。これは四年後も期待できそうだと考えるのがふつうだが、今回よりも上積みを求めるのは酷だろう。体操も同様で、何しろ中国はかつての王者だ。それこそ目の色を変えて金メダルの大量獲得を狙ってくるだろうし、地元開催の利を大いに生かすに違いない。メダルは、一つでも取ればいいと考えておいたほうが無難かもしれない。

というわけで、北京大会の予想金メダル数は以下の通り。

男女柔道……3
女子レスリング……2
陸上……1
野球……1
競泳……1

合計は8個。悲観的に見えるかもしれないが、これでも結構希望的に書いている。メダルとは関係ないが、気になるのはサッカーだ。アジア杯のようなことが起きないよう、政府は毅然《きぜん》とした態度で中国政府に働きかけるべきだ。いや、もしかしたらサッカースタジアム以外でも、あんなことが起きるかもしれない。そんなことになったら選手たちは競技どころではない。

(「本の旅人」〇四年十月号)

堀内はヘボなのか？

アテネ五輪が終わった後のスポーツの話題は、野球が独占していた。日本のプロ野球では、史上初のストが敢行されたし、海の向こうではイチローが大記録を達成しようとしていた。サッカー人気に押されているとはいえ、まだまだ野球も世間から無視はされていないな、と思った次第である。

ところが野球すべてが注目されているわけではない。プロ球界では、巨人人気に寄りかかった体質が批判されているわけだが、その肝心要《かなめ》の巨人への注目度が低下している。五輪があった上に、優勝できないのだから、ある程度仕方ないとはいえ、視聴率が最低記録を更新し続けるとはどういうことだ。

まあいろいろと原因はあるのだろうが、結局のところ、魅力がない、ということに尽きるのではないか。

シーズンが始まる前、史上最強打線と銘打たれた。ホームランバッターをずらりと並べたのだから、そのネーミング自体は的はずれではないかもしれない。事実、チームのホームラン数はとてつもないものになった。

本当なら魅力があって当然である。ところがやっぱりそれが感じられない。なぜか。簡単にいうと、そんなに打ってるのに勝てないからだ。負け試合で出るホームランには虚《むな》しさがつきまとう。で、そんな虚しさは感じたくないからチャンネルを替える。結果、視聴率が低下するのだ。

私は、今年の巨人の優勝は堅いと思っていた。多少投手に不安があろうが、結果的に相手を打ち負かすだろうと考えていた。トーナメント制ではないから、長いシーズンを戦えば、結局地力の差が出るのがふつうなのだ。

しかし九月末現在、首位は中日である。この拙文が掲載される時には優勝が決まっているはずだ。で、二位がヤクルト。巨大戦力の巨人は、三位というていたらくだ。

一体どのようなことが起きたのか。それを分析する前に、各球団の成績を並べてみよう。

中日	75勝	52敗	579得点	530失点	防御率3・92
ヤクルト	67勝	58敗	581得点	637失点	防御率4・70

巨人　68勝　60敗　713得点　647失点　防御率4・54　（9・26現在）

これを見ると各チームの特徴がおぼろげながら見えてくる。中日は失点を抑えて、少ない得点で勝つ。巨人は失点もするが、それ以上に得点する。ヤクルトは、少ない点差で勝ち、負ける時には潔くボロ負け、といったところか。

ただこれでは本当の実力は見えてこない。たとえばヤクルトの防御率は三球団の中で一番悪いが、試合を投げた後の失点を加算していては、真のデータとして役に立たないと思われる。

そこで、得失点を勝ちゲームと負けゲームに分けて、一試合ごとの点数を計算してみた。

	勝ち試合での得点	同失点	負け試合での得点	同失点
中日	5・4	2・5	3・3	6・6
ヤクルト	6・0	3・1	3・1	7・4
巨人	7・3	3・4	3・6	6・9

これでかなり真実が明確になってきたと思う。まず注目したいのは、負け試合での一試合あたりの平均得点だ。負けている、ということは、相手の投手陣ががんばっているということである。その時にどれだけ得点できるかは、真の得点力の証《あかし》となるのではないか。で、これを見ると三チームとも遜色《そんしょく》がない。中日は打力において巨人よりも大きく下回っているといわれているが、負け試合でも平均3点はとっているのだ。そして巨人にしても4点はとれないでいる。言い方をかえれば、敵の投手陣がよければ巨人打線も中日と似たり寄ったりになる、ということだ。

結論1。得点力において中日と巨人は互角である。

次に目を向けたいのは、勝ち試合における一試合あたりの平均失点だ。勝っているということは、敗戦処理のような投手は出てこないわけで、真の投手力の目安になるだろう。そしてこれは見事に順位通りになっている。特に中日の2点台というのはすごい。

興味深いのはヤクルトで、防御率では下回っていても、勝負をかけた時には巨人よりも相手を抑える力があることを意味している。

巨人は中日に1点近く差をつけられている。結局これが今シーズンの差だったのだなと思わせられる。前述のように、真の得点力には差がないのだから、後は投手力だ。

結論2。真の投手力が、中日は巨人を大きく上回っている。

今度は点差にこだわってみる。簡単にいえば、平均すると何点差で勝って、何点差で負けているか、だ。これは簡単な引き算。結果は次のようになる。

中日は2・9点差で勝ち、3・3点差で負ける。

ヤクルトは2・9点差で勝ち、4・3点差で負ける。

巨人は3・9点差で勝ち、3・3点差で負ける。

さあこれで私が何をいいたいのかわかるだろう。中日もヤクルトも、勝つ時よりも負ける時のほうが点差が大きいのだ。負け試合での失点そのものも、中日は決していいとはいえない。巨人と大して変わらないとさえいえる。

はっきりいって巨人は、ムダなところに力を注いでいるのだ。不必要なほど点をとり、負け試合でも投手にがんばらせている、というわけだ。一試合での結果なら仕方ないが、百試合以上もやった結果がこれでは、個々の能力とは別のところに原因があるように思われても仕方がない。

そこで二〇〇三年の巨人と比べてみる。巨人は前からこんな野球だったのか。

２００３年巨人　71勝　66敗　3分　６５４得点　６８１失点　防御率４・43

先程と同様、勝ち試合と負け試合に分けて分析する。

	勝ち試合での得点	同失点	負け試合での得点	同失点
２００３年巨人	６・０	２・８	３・５	７・４

負け試合での得点率は今年とほぼ同じである。つまり、あんなに補強したにもかかわらず、真の得点力は上がっていないのだ。防御率もほぼ同じ。しかし勝ち試合での失点率が違う。今年の中日と同様、2点台である。そのかわり、負け試合での失点率がひどい。今年のヤクルトと同じく、7点台だ。

要するに去年の巨人の戦いぶりを数字で記すと以下のようになる。

3・2点差で勝ち、3・9点差で負ける。

これなら無駄にがんばっているとはとてもいえない。少ない点差で勝ち、負ける時には主力投手を温存している、という印象を受ける。データにしてみて私も驚いたが、負け試合に関していえば、今年よりも去年のほうが一試合あたりの失点が多いのだ。

これらを見て、どう考えるか。

今年の巨人は去年よりも投手が悪いという。実際そうかもしれない。だがあまりに差があるなら、負け試合の失点も去年より多くなるはずだ。一方得点力はどうか。勝ち試合での得点は1点以上も多くなっているが、負け試合では大差なし。

結局のところ今年の巨人は、せっかくの戦力を無駄なところに使っている、ということになる。

結論3。堀内監督は無駄なところで選手にがんばらせて、肝心なところでがんばらせない。少なくとも原辰徳前監督よりは。

（「本の旅人」〇四年十一月号）

ひとつの提案

申し訳ないが、前回に続いて野球の話である。

今年のメジャーリーグのプレーオフは盛り上がった。何といっても主役はレッドソックスだ。リーグ優勝決定戦で宿敵ヤンキースに三連敗し、第四戦も九回まで敗色濃厚という絶体絶命の窮地に立たされながら、そこから驚異の粘りを見せて大逆転の四連勝を果たした。七戦勝負で三連敗四連勝というのは、メジャーリーグでは史上初、アメリカのプロスポーツ全体でも三度目のことという。レッドソックスはその勢いで、ワールドシリーズもカーディナルスを相手に四連勝、一気に世界の頂点に立ってしまった。有名な『バンビーノの呪い』を打ち破ったということで、本拠地ボストンは死者が出るほどの大騒ぎとなった。

ほぼ同じ時期、国内でも日本シリーズが行われていた。第七戦までもつれる大激闘の末、西武ライオンズが中日を下して十二年ぶりの覇者となった。これはこれでいい。

問題は、なぜ西武が日本シリーズに出てこられたのかだが、今年からパ・リーグで採用されたプレーオフのおかげである。百数十試合を戦ったリーグ戦の結果では、ダイエーが一位だった。西武は二位、そしてロッテと壮絶な順位争いをした日本ハムが三位だった。プレーオフでは、まず西武と日本ハムが三戦勝負の第一ステージを行い、勝ち抜いた西武がダイエーと五戦勝負の第二ステージを戦った。その結果、西武がリーグ・チャンピオンとなったのだ。

この方式が発表された時、おかしなことをするもんだと思った。メジャーリーグのプレーオフが盛り上がるのを見て、真似しようと考えたのだろうが、同条件で半年間も戦い、きちんと順位の出た三チームに、改めて優勝決定戦をせよというのは、どうにも腑《ふ》に落ちない。同じような不満を持ち、首を傾げているファンも少なくないはずだ。

しかしここで今回のプレーオフ方式を非難する気はない。注目すべきは、そんなヘンテコなプレーオフでも、やっぱり盛り上がったという点である。

これまで日本のプロ野球には、一発勝負の舞台があまりに少なかった。何度も何度も戦って結果を出すというリーグ戦が重視されすぎていた。真の実力を比較するには、その方法がベストかもしれない。しかしファンが見たいのは、そんなものだけではないと思う。

少なくとも私は違う。これで負けたら明日はないという必死の戦いだって見たい。高校野球が感動的なのは、そんな戦いの連続だからだ。大番狂わせのないスポーツなんて、飽きられて当然だ。

アテネ五輪で、日本は金メダル確実といわれながら銅メダルに終わった。指揮官や選手が一発勝負に慣れていなかったのが最大の原因だと私は思う。今後、本当に日本の野球を向上させていきたいのなら、プロ野球でも一発勝負の舞台を増やすべきである。

さて少し話を変える。今年はプロ野球界に激震が起こった。最初の主役は近鉄とオリックスだった。何とあの名門近鉄が消滅し、オリックスに吸収合併されるという。一般企業ならともかく、選手と個別に契約を結んでいる球団が、その選手に一切の説明もなく、突然消滅だ、合併だのというものだから、びっくりというより呆《あき》れてしまった。選手会がストを決行したのは遅すぎた、というのが私の印象なのだが、まあ済んだことは仕方がない。

一球団が減るわけだから、パ・リーグは来年の興行が難しくなった。そこで一リーグ制にしようという案が浮上してきた。十一球団じゃ多すぎるから、どこかもう一つ消滅させようと、どこかの誰かがいろいろと画策したようだが、うまくいかなかった。そのうちに選手会にはストをされるわ、ＩＴ企業が新規参入の名乗りを上げるわで、結局一リーグ制案はお流れとなった。

一リーグ制なんかには断固反対である。贔屓《ひいき》球団が三位か四位ぐらいにつけていればまだ盛り上がれるが、それより下になれば、何のために応援しているのかわからなくなる。選手たちのモチベーションが維持できるかどうかも怪しい。存在価値のない球団がどんどん増えていき、結局、六球団の一リーグだけが残る、なんてことになりかねない。

パ・リーグのオーナーたちが一リーグ制を希望したのは、人気球団巨人と試合をしたいからだそうだ。観客も入るし、テレビ放映権料もがっぽり入って儲《もう》かる、ということらしい。前回も書いたように、巨人人気の凋落《ちょうらく》は歴然としているのだが、爺《じい》さんたちの幻想は消えていないようだ。その証拠に、二リーグ制維持が決まった後も、巨人との試合に固執し、結局交流戦みたいな中途半端なものを導入することになってしまった。

ただ、一ファンとしていわせてもらえば、交流戦のメリットが皆無というわけではない。新しい対戦を見たいという気持ちはある。もちろん、そんなものが新鮮なのは最初のうちだけだというのはよくわかっている。しかし、たった六球団の組み合わせで、来る日も来る日も戦い続けるのでは、ファンに飽きるなというほうが無理ではないか。

とはいえ、お茶濁し程度に行われる交流戦が景気づけの特効薬になるとはとても思えない。オープン戦に毛の生えた程度の盛り上がりしか期待できないのではないかと予想する。何しろ、交流戦の日程は、順位争いが熾烈《しれつ》になりそうな時期は避けられているのだ。

さてそこで本題である。プロ野球の再編は、一体どれがベストなのか。

これまでの内容を整理すると次のようになる。

・プレーオフは不可欠。

・新鮮な組み合わせが見たい。

・オーナーたちは巨人との試合を望んでいる。

これらの問題をクリアする私の提案は、一リーグ四球団の三リーグ制である。基本的には同一リーグの四球団で順位を争う。ただし、リーグをまたいだ交流試合も行う。たとえばあるチームは、同一リーグの三チームとは二十八試合ずつ行い、他リーグの八チームとは七試合ずつ行う。これで一チームの試合数はちょうど百四十になる。リーグ内での勝率一位がリーグ・チャンピオンだ。堂々とビールかけでも何でもすればいい。今年のダイエーみたいに、一位になったのに喜ぶ場がない、なんてことにはならない。

つまりリーグ・チャンピオンは三チーム生まれる。さあここから先は、メジャーリーグを見ている人ならわかるだろう。この三チームに、残る球団のうち最高勝率をマークしたチーム（ワイルドカードという）を加えて、プレーオフを行うのだ。このプレーオフを日本シリーズと呼べばいい。

もちろん問題はある。最大の問題は、リーグの組み合わせをどうするかだ。どの球団だって巨人と同じリーグになりたいと考えるだろう。またファンとしても、四球団が固定されていては飽きがくる。

そこでローテーション方式を取り入れる。一言でいうと、首位以外の三球団を、毎年そっくり入れ替えてしまうのだ。たとえば、ある年の組み合わせと結果が以下のようだったとする。（現時点で新規参入球団は不明なので、新球団とした）

	一位	二位	三位	四位
Aリーグ	中日	阪神	ヤクルト	横浜
Bリーグ	西武	巨人	ロッテ	日本ハム
Cリーグ	ダイエー	広島	オリックス	新球団

すると次の年の組み合わせはこうだ。

Aリーグ	中日	広島	オリックス	新球団
Bリーグ	西武	阪神	ヤクルト	横浜
Cリーグ	ダイエー	巨人	ロッテ	日本ハム

優勝できない三球団は、翌年もほぼ同じ顔ぶれで戦うことになる。極端な話、ものすごく弱い三球団が同一リーグになった場合は、いつまでたってもその組み合わせで戦い続け

ねばならない。巨人と同じリーグになったとしても喜んでいられるのは一年だけで、あっさり巨人に優勝されたら、翌年はお別れだ。巨人に優勝させず、自らも優勝しない、という道を選ぶ姑息《こそく》な球団には、プレーオフ進出という栄光はなかなか巡ってこない。

個人タイトルはどうするかという問題もあるが、リーグごとに出せばいい、というのが私の考えだ。首位打者やホームランキングが毎年三人ずつ出る、なんてのも派手でいいじゃないか。

オールスターはA対B、B対C、C対Aの三試合すればいい。すべて顔ぶれが変わるから新鮮だ。

どこからどう見てもグッドアイデアだと思うのだが、こうした道が検討されたことはないのだろうか。素人の私が思いつくのだから、誰かがいいだしたかもしれない。反対するとしたら、既得権にこだわる、セ・リーグの巨人を除く五球団だな。

（「本の旅人」〇四年十二月号）

大災害！　真っ先に動くのは……

中越地震が起きてから二か月近くが経つ。報道されている内容を見るかぎりでは、復興には程遠い状況のようだ。余震が毎日のように続き、ただ怯《おび》えていた時期からは脱したかもしれないが、その恐怖が一段落した今、被災した人々は、改めて自分たちの失ったものの大きさを実感しておられるのではないかと想像する。

今回の地震を見て思い出されるのは、やはり阪神淡路大震災だ。あの時のほうがはるかに死傷者の数は多かったが、だから今回のほうがまし、なんてことをいうつもりは毛頭ない。被害に遭われた方の苦しみは同等だろう。

だがあの大震災の経験が生きたのも事実だと思う。役人たちの動きがのろいのはいつものことだが、それでも阪神淡路の時に比べれば、ずいぶん改善されていた。生き埋めになっていた母子のうち、少年だけが奇跡的に救出されたが、活躍したのは東京都のハイパーレスキュー隊だった。これは阪神淡路大震災の教訓を生かして作られたチームである。

政治家の動きはどうだったか。まあ、はっきりいってパフォーマンスは早かった。小泉首相は都内で映画鑑賞の予定だったが、地震の知らせを受け取ると、その予定をキャンセルし、官邸に戻っている。当たり前といえば当たり前だが、阪神淡路の時には、当時の村山富市首相は、地震よりも社会党の内紛問題で頭がいっぱいで、ただならぬ事態と認識したのは、死者が二百人を超えたという知らせを受けた時だった。地震発生から六時間以上が経過しており、その時首相は何をしていたのかというと、社会党から離党しようという連中をどうなだめようかと会議をしていたのである。それよりもさらにお粗末なのは、記憶に新しい「えひめ丸事件」で、我が国の高校生たちが米国のミスで事故死させられたというのに、ゴルフの真っ最中だった森首相は、18番ホールまで、パーだボギーだとはしゃいで回った後、ひとっ風呂《ぷろ》浴びて、ようやく官邸に戻ったのだ。はっきりいって危機管理能力がどうのこうのいうレベルではなかった。それに比べれば、今回の首相の動きはまあまあだったんじゃないかと思うわけだ。もっとも、映画鑑賞を中止したのはよかったが、舞台挨拶《あいさつ》が終わるまで席を立たなかったというのはいただけない。大した差じゃないと思ったのだろうが、国民はそういうところを見ているのだ。脇の甘い人である。

今回動きが速かったといえば、何といってもボランティアだ。交通が麻痺《まひ》しているというのに、避難所が設置されるのとほぼ同時に、第一陣が駆けつけている。大災害が起きた時には助けに行こう、という雰囲気が高まったのは、やっぱり阪神淡路大震災以降だと思う。

避難所で震えている人々にとって、ボランティアによって配られる温かい味噌汁《みそしる》はありがたいものだろう。復興には人手も必要だ。無償で人助けをしようという人々の熱意には、本当に頭が下がる。

しかしボランティアにもいろいろいる。変なボランティアも今回は集まったようだ。ただ飯を食いに来てるだけのボランティア、スーパーに盗みに入ったボランティア、じつは指名手配されていたボランティア。災害が起きたらボランティアが集まるということが皆の知るところとなって、それを悪用しようという人間も増えたらしい。困ったものである。まあしかし、大半はまともな人たちばかりだろう。彼等の活動には素直に拍手を送りたい。

ライフラインや交通網も、ゆっくりとではあるが回復しているようだ。住宅の建て替えなども、一部では始まっているらしい。仮設店舗での商売を始めた人もいると聞く。

だが問題はこれからである。「被災した」と過去形で書いてしまうと、何だか済んだことのように感じてしまうが、阪神淡路大震災の時もそうだったが、被災地の方々が本当に苦労するのは、じつは復興に取り組んでからなのだ。潰《つぶ》れた家は自然に元通りになるわけではない。本格的に商売を再開するには店舗が必要だ。ものを作るには工場がいる。機械もいる。農作業だって、文明の利器なしでは行えない。

彼等にとって今一番必要なものは何か。その答えははっきりしている。金である。金がなければ復興は不可能だ。

ところがこういう時に役所はさっさと金を出さない。くだらないことには湯水のごとく金を使うくせに、庶民を助けるためとなると、急にしぶちんになるのはどういうわけだ。たとえば、住宅の補修について県から補助金が出るのだが、その審査がやけに厳しい。全壊、大規模半壊、半壊、一部損壊という四段階に分けて補助の額を決めるらしいが、ちょっとでも建っている部分が残っていたら、まず全壊とはみてくれない。傾いてようが何だろうが、屋根が残っていたら、せいぜい半壊である。発表によれば、全壊が二千五百棟で半壊が四千八百棟らしいが、実態はかなり違っていると聞いている。

みみっちいことをいわず、どーんと税金を投入して、新しい家を造ってやればいいじゃないかと思う。

しかし県は少しでも補助金を出すだけましだ。国は道路や河川といった公共物の補修には税金を注いでも、個人の家屋の損壊にはまるで無関心である。

というわけで国があてにならないとなれば、国民一人一人が協力するしかない。いうまでもなく義捐《ぎえん》金のことだ。考えてみれば、義捐金という言葉も、阪神淡路大震災以後、ポピュラーになったような気がする。

インターネットの普及で、クリックひとつで募金できるようになった。赤十字の義捐金もかなり知られてきたようだ。

ところがこうして善意の金が動くようになると、おかしな連中もぞもぞと動きだす。ボランティアに変なのが混じっていたように、義捐金を募る人間にも怪しげなのが出てきた。

前述のインターネットだが、案の定インチキサイトが出現した。義捐金を募ると偽って、自分の口座に金を振り込ませていたのだ。中越地震を利用したオレオレ詐欺も頻発した。子供や孫になりすました上で、震災に遭ったことを訴え、老人たちから金を騙《だま》し取るという手口である。

大災害が起きて、一番最初に動くのは誰か。役人でもボランティアでもなく、詐欺師だったのだなと改めて思い知らされた。彼等にとってはどんな大惨事も、一攫《いっかく》千金のチャンスなのだ。

　先日、町を歩いていたら、道端で数人の若者が義捐金を募っていた。小さな箱には被災地の写真が貼られ、「中越地震の復興に御協力を」と書いてあった。

　私が前を通ると、一人の若者が近づいてきた。いくらでもいいから協力してくれ、という。眼鏡をかけた真面目そうな若者だった。

　身分証は、と私は訊《き》いてみた。若者は戸惑った顔をして、学生証らしきものを出した。

　私は首を振った。

「君が集めた義捐金が、必ず被災者たちのために使われるという確証がほしいんだ」

　若者は不愉快そうな顔をした。使い込むんじゃないかと疑われたのだから当然の反応だ。

　彼はむっとしたまま私の前から離れた。

　彼には悪いことをしたかもしれない。だが理解してもらいたいと思う。道端で、どこの誰かわからない人間に、突然募金してくれといわれ、何もかも信用して金を出せるほど、今は他人を信用できる世の中ではないのだ。

　私は少し離れたところにある喫茶店に入り、彼等の様子を眺めていた。義捐金をおとなしく出す人は少なかった。一時間ほど観察していたが、箱に金を入れたのは十人ほどだ。一人がいくら入れたのかはわからないが、おそらく小銭が殆《ほとん》どだろう。数人の若者が一時間かけて、せいぜい千円ほどか――。

一時間バイトして、その金を送ったほうがいいんじゃないか、と思ったが、余計なお世話かもしれない。

（「本の旅人」〇五年一月号）

誰が悪く、誰に対する義務か

一部の人にはわりと知られていることだが、私はスノーボード好きである。若い頃にはスキーを十年ぐらいやっていたが、ある頃からぱったりやめてしまい、それ以来ゲレンデとか雪山とかいうものにはてんで関心がなかった。ところが最近では、冬が近づくにつれて、空模様が気になって仕方がない。もちろんスキー場の、だ。ただ今年（二〇〇四年十二月時点）は中越地震があったので、「雪よ早くどんどん降れ」と大声でいうのは遠慮していた。私が主に出向くスキー場は、圧倒的に新潟県が多いからだ。

しかしその新潟にしても、観光やスキー場の収益は復興のための大きな資金源なわけであり、やっぱりシーズンになればそれなりに雪が降ってくれなきゃまずいはずである。で、私も以前よりは少し大きな声で、「早く雪が降ってくんねーかな」とかいうようになった。

ところが降らんのだ。新潟だけでなく、信州も北海道も降らん。十二月に入って、ようやく北海道のスキー場が次々とオープンするようになったが、以前は考えられなかったことである。私がよく行く群馬県の水上《みなかみ》は、十二月末だというのに、自然雪が殆ど積もっていない。二年前の同時期は、かなり標高の低いところでも積雪量が一メートルを超えていたのだ。

夏は記録的な猛暑だったし、これはもう地球全体があったまっているとしか思えない。二〇〇三年の夏、スイスでは四一・五度なんていう馬鹿げた気温が記録された。フランスでは暑さのために老人を中心に一万五千人が亡くなった。オックスフォード大などの研究チームの発表によれば、異常な熱波の原因は、二酸化炭素などによる地球温暖化の影響と考えてまず間違いないのだそうだ。二酸化炭素を人為的に増やした状態と、何もしない状態で、地球全体の気候がどう変化するかをシミュレーションした結果、判明したことだという。さらにこのままいけば、数十年後には、同様の異常熱波が頻繁に起こるようになるらしい。

夏がそんなだから、冬も当然寒くならない。国連環境計画とチューリヒ大学のグループは、このまま地球温暖化が続けば、今後三十年から五十年の間に、標高千五百メートル以下のスキー場は雪不足により閉鎖に追い込まれると予測している。

しゃれにならん話である。そんなことになったらどうすればいいのか。北海道に引っ越すか。いや、そういう問題ではない。この際、スキーとかスノーボードのことは横へ置いておこう。

温暖化が進めば、ほかにどんな悪いことが起きるのか。大雑把に並べてみると、次のようなことが予想できる。

・北極や南極などの氷が溶け、海面が上昇する。その結果、水没のおそれのある地域が出てくる。

・砂漠化が進む。

・マラリアなど熱帯の風土病が温帯地域にまで広がる。

・一方で、雨の降るところでは豪雨が増える。土砂災害などが多発する。

一番目の問題は、ぴんとこない人が多いかもしれない。いくら極地点の氷が溶けたって、広大な海と比べればどうってことがないような気がする。だがじつは、単に溶けた氷の分だけでなく、温度上昇による海水の膨張のことも計算に入れなければいけないのだ。一応、現時点では、今世紀末までの海面上昇は約六十五センチであろうと予測されている。なんだ大したことないじゃん、と思ったら大間違いである。南太平洋にはナウル共和国、バヌアツ、サモア独立国といった島国が多数点在しているが、いずれも珊瑚礁《さんごしょう》の上にあり、海抜は数メートルらしい。海面が六十五センチも上がったら、それらの国は国土のかなりの部分を失うことになる。

遠い国の他人事《ひとごと》と思ってはならない。温暖化を招いた張本人は、現在先進国と呼ばれている国々なのだ。そしてその責任を取る意味で、日本はそれら水没の危機に瀕《ひん》している小国にあらゆる援助をしていくことになっている。援助とはすなわち金だ。金とは税金である。我々が払っている税金が、そういうところに使われるのだ。どうです、他人事ではなくなってきたでしょう?

二番目の問題も深刻で、本来二酸化炭素を吸収してくれなきゃ困る森林の伐採が温暖化を加速させるだけでなく、木のなくなった土地が急速に砂漠化している。そのスピードは毎年約六百万ヘクタールというのだから愕然《がくぜん》としてしまう。こういう時にいつも比較されるのが東京ドームだが、あれでいうと約百三十万個分である。うひゃあ、まじかよ。

三番目の問題。これもたぶんもう始まっている。二〇〇一年、関西空港内でネッタイイエカが繁殖した。航空機で運ばれたらしいが、本来なら熱帯や亜熱帯でしか生息できないはずの種だ。関空がそれらの土地と同程度の環境になったと考えられる。同様に熱帯や亜熱帯で繁殖する種にハマダラカという蚊がいるが、そいつがマラリアを媒介するのである。

もはや準備は整っているというわけだ。

四番目は実感できる人が多いだろう。今年の日本がまさにそうだった。記録的な降雨量、相次ぐ台風上陸、日本列島が崩れて流れるんじゃないかと思った。

というわけで地球温暖化はとても怖いのであるが、では一般の人はどう感じているかというと、やっぱりかなり不安に思っているようだ。今年十月に読売新聞が調査したところでは、六割の人が温暖化に不安を感じると答えている。

ただ気になるのは、そう答えた人の殆《ほとん》どが三十代以上ということである。年代が若くなるにつれて鈍感になっていくようだ。また、環境対策にあてる環境税導入に対しても、若い人ほど反対意見が多い。環境や自然保護に気を遣うかという質問についても、「遣う」と答えた人の率が、二十代の男性が最も低い。

若いから自分勝手なのだ、と決めつけてはいけないと思う。彼等はそもそも温暖化を実感していないのだ。我々中年には、ものすごく寒かった冬の思い出があるが、彼等にはない。生まれて物心ついた時から、ずっと暖冬なのだ。その証拠に二〇〇〇年に気象庁は、暖冬の判断基準を変更した。それまで使っていた「平年並み」の基準では、毎年毎年「今年は暖冬」となってしまうので、最近の日本の冬は昔よりも少し暖かいのがふつう、ということにしたのだ（それでも今年は暖冬と発表されているのだから、昔の基準でいえば

「めっちゃ暖冬」とかになったのだろうな)。

今の若い人たちにとっては、この気候がふつうなのだ。だから温暖化に危機感を持てといっても無理な相談だろう。

これは悲しく恐ろしいことである。地球温暖化はまず人々の気候に対する認識から、徐々に狂わせていくのだ。

温暖化で困るのは誰か。我々中年も少しは困るだろう。だがそう長い時間ではない。私はたぶん、体力の続くかぎりスノーボードができるだろう。それもおそらく国内で。しかし今の二十代はどうだろうか。爺《じい》さんになった時、日本にゲレンデといわれるものが残っているだろうか。

温暖化を防止するのは、若者や子供たち、そして今後生まれてくる人間たちに対する我々の義務である。なぜなら彼等には責任がないからだ。

もちろん彼等の協力も必要だ。しかし、である。

ガソリンをまきちらすようにしてバイクを乗り回している若者がいたとする。彼に、どのようにして温暖化対策を説けばいいだろうか。

「あんたらが昔、どかどか石油とか石炭を燃やしたから、こうなったんだろうが。自分たちがやりすぎたからって、俺たちに我慢させるのはおかしいじゃねえか。何が環境税だ。

おっさんやじじいからとればいいだろ」
この正論にどう答えればいい？

（「本の旅人」〇五年二月号）

もう嘆くのはやめようか

先月号のこの欄で、「スノーボードがしたいのに雪がちっとも降らねえぞー。どうなってるんだバカヤロー。だから地球はやっぱ温暖化してんだよ。早く何とかしねえとやべえぞー」と喚《わめ》いたのだが、ここ最近（二〇〇五年二月初）は連日の大雪で、各地でいろいろと被害が出たりしている。高知県で十八年ぶりに積雪があったというのは、へえそうなのかと思うだけだが、スリップで車が三十七台も衝突したとか聞くと、やっぱり降雪もほどほどでないといかんなあと思う。特に中越地震で被災した方々には、誠に気の毒というほかない。でも私が雪不足を嘆いたから天の神様が豪雪を降らせた、というわけではないと思うので、抗議の手紙とかは勘弁してください。

それにしても気候というのはわからない。気象庁だって、こんなに大雪が続くとは予想しなかっただろう。ただ、だからといって地球温暖化は錯覚だった、ということではない。

温暖化はもっと長期的視野で眺めないと把握できないものだ。ほんの一時の気候だけで、地球的規模の変化を推し量るのは無茶というものである。いやそれどころか、この大雪もじつは温暖化のシグナルのひとつなのかもしれない。

地球の気候変化を完璧《かんぺき》に数学で表すことは、現時点では不可能なんだそうだ。御承知の通り、地球の表面は殆ど水で覆われているが、その水の流れさえ完全には数式化されていない。それに成功すれば約一億円の賞金がもらえるというぐらいの難問なのだ。

人間は大それたことをしてしまったのだ。不活性ガスと二酸化炭素を放出しまくることで、本来辿《たど》るはずだった気候変動の道を歪《ゆが》めてしまった。この道は不可逆である。今からガスの放出を抑えたとしても、もう元の道には戻れない。

そして、同様の過ちを、人間は別の分野でも犯している。

今年の六月から特定外来生物被害防止法というものが実施される。外国の生き物を勝手に持ち込んだり、飼ったりするのを禁じる法律だ。現在日本には、約二千種類の外来種が入っている。それらの被害が増えてきたので何とかしようと、ようやく国が重い腰をあげたというわけだ。

外来種が入ってくるルートは様々だ。交通機関が発達したことで、植物の種が荷物や人間の身体に付着して入ってくることもあるし、その荷物に外国のネズミが紛れ込んでいた、ということだってある。こういうのは、ある程度は仕方がない。問題なのは、何といっても、意図的に外来種を入れてしまったケースだ。いや、入れるだけならまだいい。最悪なのは、その動植物が本来の生態系にどんな影響を与えるかを深く考えず、自然界に放ってしまったことだ。

毒蛇のハブを退治しようとしてコブラの天敵マングースを放ったら、ハブなんかちっとも食べずに、特別天然記念物のアマミノクロウサギを食べてしまった、というのは有名な話である。ハブは夜行性でマングースは昼行性だから、両者が出くわすことが殆どなかった、という笑えないオチがついている。

同様のことはほかでも行われている。沖縄ではボウフラ駆除のために北米魚のカダヤシを放流した。こいつはボウフラを食べるかもしれないが、メダカも食べてしまった。島根県の沖ノ島《おきのしま》では、食糧用にヨーロッパ産のカイウサギが放された。だが食糧事情がよくなると捕獲されなくなり、増え続けたカイウサギは、オオミズナギドリを食べてしまった。ちなみにオオミズナギドリの営巣地は国の天然記念物に指定されている。

なんでそんな馬鹿みたいなことをしたんだ、といいたくなるが、まあしかし、これらのケースはまだ少し許せそうな気がする。生態系が乱れる、という発想自体がなかった頃に犯された過ちだからだ。たぶん目の前にある問題を解決することに夢中で、自然界のサイクルにまで気を配る余裕がなかったのだろう、と解釈できないこともない。

許せないのは、本当に人間の身勝手だけで自然界に外来種が放たれるケースだ。で、そういったことが、今もなお後を絶たない。

アライグマはかわいい。でもそれはアニメで見ている分には、である。本物のアライグマは「ラスカル」とは違うのだ。実際に飼うとなれば大変なのはわかりきっている。そんな動物をペットとして大量に輸入してどうするのだ。日本の住宅事情を考えれば、扱いきれなくなる飼い主が続出するのは目に見えている。果たして、持て余した飼い主たちはアライグマを勝手に捨ててしまう。まさか町中には捨てられないから、どこかの森林まで運んで置き去りにする。アライグマは途方に暮れるだろうが、生きていかねばならないから食べ物を探す。当然野生化する。生存能力は高いから、被害を受けるのは、従来から住んでいた動物や、作物を食い荒らされる農家だ。

今、アライグマを町中に捨てることはないだろうと書いたが、捨てられたペットもいる。府中市《ふちゅう》では長さ一メートルのイグアナが住宅地を歩いていたそうだ。また八王子《はちおうじ》ではアメリカ大陸原産のカミツキガメが路上で見つかっている。カミツキというぐらいだから、噛《か》む力がものすごい。子供が手を出していたら、大変なことになっていただろう。

遊び目的で無責任に放流された代表格がブラックバスだ。一九二〇年代に神奈川県の芦《あし》ノ湖《こ》に放流されたのが最初らしい。で、どうやらその後は、釣った人がほかの湖に勝手に放したりしたせいで、ほぼ全国に生息するようになったということだ。いやはや、すごい繁殖力だね。

この繁殖力の悪影響を受けている代表が琵琶湖《びわこ》の特産品である鮒寿司《ふなずし》。臭いが嫌いな人もいるかもしれないが、おいしい。あの原料に使われているニゴロブナが、ブラックバスのために激減して、業者としては深刻な問題だという。フナが食われているのだから、各地のブラックバス生息地では、日本固有の種が被害を受けているだろう。

私もあまり知らなかったことだが、日本国内には独自の発達を遂げた生物が意外に多いのだそうだ。哺乳《ほにゆう》類の二割、両生類の七割が固有種というのだから、ちょっとびっくりした。島国というのが大きな理由だろうが、イギリスなんかだと哺乳類や両生類の固有種は皆無らしい。バラエティに富んだ動植物を有する国、それが我が日本のもう一つの顔だったのだ。

ところがその長所を我々は、ぶちこわしにしようとしている。いや、それはもう始まっている。そして地球の気候を変えてしまったのと同様に、一旦《いつたん》生態系におかしな手を加えてしまうと、そう簡単には元には戻せないのだ。

環境庁は二〇〇〇年から、奄美大島《あまみおおしま》のマングース約一万匹を駆除する事業を始めた。しかし成果は殆《ほとん》ど上がっていない。世界的にも、外来種によって生態系を脅かされないようにする最善の策は予防しかない、というのが定説だ。一度入れてしまったら、根絶は至難の業なのだ。これもまた不可逆なのだ。

というわけで、これではいかんということになって、前述の特定外来生物被害防止法が実施されることになったわけだ。しかし驚いたことに、この動きに反対する人間がいるのだから世の中はわからない。誰が反対しているのかというと、釣り関係の団体だ。ブラックバスは見逃してくれといっている。その言い分は、「釣り人を混乱させ、関連業者に影響を与える」というものだ。どう混乱するのかはわからんが、業者への影響というのはちょっとわかる。ブラックバスがその対象種に入ると、釣りに対するイメージが悪化するのは確実だろう。釣り関連の産業がダメージを受けることは大いに考えられる。

釣りをしない私などにいわせれば、そもそも生態系のことを考えずに外来種を持ち込んだあんたらが悪いんだから、イメージが悪くなっても仕方がないだろうと思うのだが、一方で、別の考え方もあるのかな、という気もしている。

つまり釣り団体のように、「生態系の維持より、自分たちの生活を守るほうが大切」という方向も、ありなのかもしれないと思うのだ。

地球的規模で考えた場合、生態系の中に当然人間も含まれる。そして人間という動物が起こす行為によって起きる変動も、自然現象のひとつとして捉《とら》えたらどうだろう。人間が自分たちの都合で、従来の生態系を無視して動植物をでたらめに配置する。それによって絶滅種が増え、地域による繁殖種の違いもなくなり、どこへ行っても同じような動植物が同じような比率で存在している——地球がそんなふうになっても構わないと思う人間が多数派なら、もはや諦《あきら》めるしかない。

近い将来、カエルもメダカも絶滅するだろう。そのことを悲しく思ってきた。でも、もう嘆くのはやめようか。我々人間がこの星を支配した時、今の状況は約束されていたことかもしれない。不可逆な道を歩み始めていたのかもしれない。

（「本の旅人」〇五年三月号）

ネットから外れているのは誰か

何事にも自信を持つのはいいことだ。特に職業を持っている者の場合、自分の仕事内容にはいつも自信満々でいたいものである。

しかし一方で、客観性も失ってはいけない。その自信には本当に確固たる裏付けがあるのか、単なる過信ではないのか、と常に立ち止まって考える冷静さは必要だろう。特に、その仕事内容に信頼を寄せ、生活の一部もしくはすべてを任せる人がいる場合には、客観的な視点をいくつも持っていることが不可欠だ。

日本の技術者は依然として優秀だ。それはおそらく客観的事実だろう。だが彼等の示す自信には、本当に完璧《かんぺき》といえる根拠があるのだろうか。ただ何となく、自分たちの技術は高く、他人には真似できないと思い込んでいるだけではないのか。もしそうだとしたら、それはただの自信過剰というものだ。そんなものを信頼し、大切なものを失ってしまった者は、一体誰に苦情をいえばいいのか。

　五百円硬貨の偽物が出回った。一見しただけでは見分けがつかないほど精巧に造られていて、郵便局のＡＴＭでさえ判別できず、両替に応じてしまった。

五百円硬貨はその導入時から偽造が頻発した。世界的に例がないほど高額なコインだからである。そしてコインの偽造は偽札造りよりもはるかに容易だ。

自動販売機にしろ両替機にしろ、硬貨を機械で判別する手がかりは基本的に二つしかない。寸法を含めた形状と重さだ。現在市場に出回っている工作機械を使えば、形状を模倣することなど簡単だ。問題は重さだが、材料の成分を揃えてやれば解決する問題である。

今回の偽五百円硬貨は、金属成分まで本物と同じにしてあったそうだ。成分と比率については造幣局のホームページに記載してあるらしく、某テレビ番組で、そのことをコメンテーターたちが批判していたが、金属成分など分析器を使えば簡単にわかることで、公開されていようがいまいが、どうってことはない。

偽造ができない硬貨を造るのは、たぶん不可能だろう。五百円硬貨を造った技術者たちも、偽造できないとは思っていなかっただろう。しかし高をくくっていたのではないか。一枚の硬貨を偽造するには五百円近く、あるいはそれ以上の費用がかかる、そんな馬鹿なことをする人間がいるはずがない、と。

だが現実に偽造硬貨は造られた。犯人たちは、偽造に要する費用は、一枚あたり五百円よりもはるかに安いと考えたから製造に踏み切ったのだ。五百円硬貨に込められていた技術の価値とは、所詮《しょせん》その程度のものだったということになる。

同様に硬貨の判別装置を作った技術者も、自分たちの技術を過信していたのではないか。もしそうでないというなら、偽造硬貨を見抜けない可能性に気づいていたということで、そのような未熟な装置を市場に出していたというのは、一種の犯罪行為である。

技術者たちの過信が犯罪の温床になってしまう例はほかにもある。昨年から今年にかけて、振り込め詐欺（かつてはオレオレ詐欺といった）が激増したが、最近では携帯電話の着信に嘘の番号を表示させるという手口が登場した。事件が起きた時、携帯電話会社は、そんなことは絶対に不可能だと断言した。だがその後、アメリカの電話会社などが行っているコールバック・サービスを使えば、好きな番号を表示させられることが判明した。そのやり方はこうだ。まず、コールバック・サービスを行っている会社と契約する。その際、電話をかける相手側に表示させる番号を、たとえば警察の番号などにしておく。そのうえで、まずコールバック・サービスの会社に電話し、一度だけコールしてすぐに切る。間もなくサービス会社から電話がかかる。そこで、今度は詐欺に陥れたいターゲットの携帯電話の番号を押す。するとサービス会社からその相手に電話がかけられ、通話が可能となる。

相手の携帯電話に表示されているのは警察の番号だ。振り込め詐欺のことをよく知っている人でも、実際に警察から電話がかかってきたと思い込む。そうなれば後は簡単だ。警察官のふりをして、慣れた芝居をうてばいい。

騙《だま》されるほうが無警戒すぎる、とはとてもいえない。なぜなら携帯電話の番号表示は絶対だと信じているからだ。勝手に信じているのではない。携帯電話会社がそういっているのだから、信じるのがふつうだ。からくりが判明後、携帯電話会社は、自社の電話間での通話なら番号表示は大丈夫と発表した。それ以外では絶対とはいいきれないので、万一おかしな電話がかかってきたら、一度切って、自分からかけ直してくれ、という。何のことはない。つまり番号表示はあてにならないと白状したわけだ。

技術者の過信ばかりを非難したが、技術的限界を知っているにもかかわらず、それを利用者に隠す企業の姿勢にも問題がある。たとえばキャッシュカードやクレジットカードだ。これらのカードの偽造が可能なことは、二十年以上も前からわかっていた。だが銀行やクレジット会社は、そのことを積極的には発表してこなかった。利用者は、カードを盗まれなければ安全だと思い込んでしまう。当然である。スキミングのことなど、一度も説明されていないからだ。簡単に偽造できるので暗証番号だけが命綱、なんてことを最初から聞いていたら、おそらくかなりの人がカードなど作らなかったはずである。

技術者が新たな製品を開発するのは素晴らしいことだ。企業としては、その新製品もしくは新技術の長所を強調したいだろう。短所はなるべく隠したい。その気持ちはわかる。だが、その短所が犯罪に繋《つな》がるとなれば、隠すことは罪である。

犯罪に繋がるとは思わなかった、というのが常に企業側の言い分だ。しかし昨今のように、高い科学技術を駆使する犯罪者が増えている状況では、新たな製品なり技術なりを提供しようとする際には、それが犯罪に利用されないかどうかを徹底的に考えねばならないと思う。たとえばプリペイド式の携帯電話が犯罪に利用されることなど、最初から予想できて当然ではないか。

とはいえ現実的には、彼等にそれを望んでもたぶん無駄だろう。それはやはり警察の仕事といっていいのではないか。

少し前、警視庁から呼ばれた。庁内報にインタビュー記事を載せたいということだった。そのインタビューの途中で、警察に対して何か要望はないかと訊《き》かれた。私は、新たな科学技術が登場した時には、それを使ってどのような犯罪が起こりうるか、犯罪者が思いつくよりも先に警察が予測できないものかと尋ねた。

なかなか難しいですね、というのが相手から出た答えだった。新たに登場する科学技術のすべてを把握するのは困難だ、というのがその理由だった。

たしかに困難だろう。だが犯罪者たちは、そういったものに目を光らせ、犯罪に応用できないかと常に考え続けているのである。そして誰か一人が思いつけば、その情報はネットを通じて急速に広がる。

もういい加減、ハイテク犯罪者たちの後追いはやめてくれ、といいたい。たまには、世間の裏をかこうと企《たくら》んでいる連中の先回りをして、犯罪を未然に防いでもらいたいものである。

だがそれはおそらく不可能だろう。コールバック・サービスのことさえ、警察は知らなかったのだ。当然のことながら犯罪者は知っていた。知っていて、犯罪に応用できることに気づいたのだ。

これからどんなハイテク犯罪が起きるか、もしかしたら最も予測できないところが警察なのかもしれない。なぜなら彼等は科学技術の情報から、極めて遠いところにいるからだ。

（「本の旅人」〇五年四月号）

今さらですが……

なんでこんなタイトルをつけたかというと血液型の話をしたいからである。そりゃあ今さらだよなあ、と突っ込まれても仕方がない。じつは何度もこの話題に触れようと思ったのだが、何となく気恥ずかしくて後回しにしていた。じゃあどうして今回は書くことにしたのかというと、依然として血液型性格判断を信用している人があまりにも多いように感じるので、ヒガシノはその話題は嫌いだぞ、という意思表明をしておこうと思ったからである。

読売新聞が行った調査によれば、「信じる」と答えた人は全体の17％だったという。で、「大人が話題として楽しむ程度ならいい」が47％で、「非科学的なのでやめるべきだ」が23％らしい。

これを読んで、「えっ、ほんとかよ」と思った。五人に一人も信じていないのか。だとすれば、私の周りで頻繁に繰り返されるあのやりとりは何なのだろう。みんな本当に、大人が話題として楽しんでいるだけなのか。楽しむだけなら、私が、「血液型で性格なんかわかるわけないだろ」といった時、なぜあんなにムキになるのだ。

この調査が行われたのは今年の二月のようである。じつは昨年の秋、NHKと民放が設立した第三者機関「放送倫理・番組向上機構（BPO）」が、その当時増えていた血液型による性格判断を扱う番組に対して警鐘を鳴らした。安易な決めつけは不当な差別や誤解を生むから気をつけろ、というわけだ。

それらの番組は私も知っている。途中まで見て、「例によっていつものやり方か」と不愉快になり、チャンネルを替えてしまったので、最後までは見ていない。「いつものやり方」というのは、従来からある血液型性格判断の結果に沿うように、いい加減なデータを並べたり、とても科学的とはいえない実験を行ったりする方法だ。

たとえばよくある手が、血液型ごとに子供をグループ分けし、同じことをやらせた場合、行動にどんな違いがあるかを観察する、というもの。これを科学的だとか客観的だとかいえる神経が私には理解できない。しかも番組スタッフが制作したビデオである。狙い通りの結果が出ないと困る連中が、どこまで公正に作っているかは怪しいものだ。

でまあ、私と同様の印象を持った人がたくさんいたらしく、前述したようにBPOから警告が発せられたわけだ。このニュースについてはわりと話題になったから、それがアンケート結果に影響を及ぼしたのではないか、と私は考えている。つまり今は、「血液型性格判断を信じてるとか書いたら文句をいわれそうだな」という雰囲気が漂っているので、回答に配慮したというわけだ。

なぜそんなひねくれた見方をするのかというと、この血液型性格判断は、何度すたれても約十年ぐらいの周期で復活するからだ。最もブームになったのは八〇年代で、関連本がむちゃくちゃに出版された。その時も学者たちが科学的には何の根拠もないと力説して何とか沈静化したが、しばらくすると雑誌などが取り上げて、また再燃するという有様だった。

ちなみに八五年の米誌『ニューズウィーク』には、日本の血液型ブームを皮肉った記事が載せられている。タイトルは、「人の性格を類型化する新しい方法が日本で見つかった」というもので、科学的根拠が全くない方法を、日本人は恋愛や採用試験にまで応用している、と紹介している。

そういえば当時、ある超有名電機メーカーが、研究部門に配属する人間をAB型に限定した、という記事を読んだことがある。AB型は独創性がある、と信じてた役員がいたんだろうな。電機メーカーの偉いさんだからといって、科学に厳密というわけではないらしい。

プロスポーツ選手を血液型で分けてみて、どの型がどんなスポーツに向いているかを分析する、というのもその頃に流行《はや》った。

この手のデータが信用できないのは、大前提からしてでたらめだからである。才能の質と血液型に関係があるかどうかを調べようとしたのはいい。では才能の質をどのように測定するのか。それらの統計では、次のような定義を行っている。

相撲の才能がある＝横綱か大関になっている

野球の打者として才能がある＝首位打者、ホームラン王、打点王をとっている

野球の投手として才能がある＝最多勝、防御率などのタイトルをとっている

この定義に基づいて、歴代の横綱・大関の血液型を調べ、「相撲にはA型が向いている」なんていうふうに結論づけているのである。

これがでたらめだということは、相撲や野球をよく見ている人ならすぐにわかるだろう。たしかに才能のない力士は横綱や大関にはなれないだろうし、才能のない野球選手が打撃タイトルや投手タイトルをとるのも難しいと思われる。だがそうした夢を実現できなかっ

たからといって、「才能がない」と決めつけることは不可能だ。たとえばシアトル・マリナーズのイチローは、日本では首位打者として君臨し続けた。彼の才能を疑う人はいないだろう。しかしその当時打率二位だった選手を、「才能ある選手」としてカウントしないのはどう考えてもおかしい。

結果だけを見て、才能があるかないか、あるいは向いているかどうかの判断材料にするのはナンセンスである。同様のことは職業についてもいえる。画家や音楽家の血液型を調べて、多少偏りがあるからといって、「××型は芸術家に向いている」などといったって信憑性《しんぴょうせい》はゼロだ。職業を選ぶ理由は人それぞれで、誰もが、「向いているからその職業に就いた」わけではないからである。

今私が述べたことは、血液型ブームのたびにいわれていることだ。それでもブームは何度もやってくる。その理由は、人間関係の複雑さに起因していると思う。相手のことが理解できずに苦しんだ時、その理由を単純なことに求めようとするわけだ。

そして繰り返しやってくるブームは、我々の潜在意識の中に深く入り込みつつある。血液型性格判断を信用しないと公言する人でも、無意識のうちに血液型によって相手のことを決めつける傾向があるというのだ。

文教大のある教授が、こんな実験を行った。ある架空の人物の暮らしぶりを紹介した文章を読ませ、その人物の印象を書いてもらうというものだ。ただしアンケート用紙は二種類あって、その人物の血液型をAとしたものとABとしたものがあった。

血液型性格判断を信じていないという約三百人の学生たちに行ったところ、同じ文章を読んだはずなのに、「A型」の用紙を選んだ学生の人物評価は、「AB型」を選んだ学生より、「クールで冷静で、まじめで、慎重」となったという。

信じていないといいつつ、誰もが俗説に影響されていることの証明といえるだろう。反対論者でさえこんなふうなのだから、信者たちの固定観念を変えるのは困難を極める。

たとえば私の姉は血液型性格判断の信者なのだが、ある日私は彼女にこんな話をしてみた。

「あんたはO型だろ。で、旦那《だんな》はAB型だよな。この場合、子供はAかBしか生まれない。つまりおたくら夫婦の間には、性格が親とは違う子供しか生まれないってことになるんだけど、そんなのはおかしいと思わないか」

すると彼女は電話の向こうで声をはりあげた。

「そうかっ。最近子供たちの気持ちがわからなくて悩んでたのよ。わからなくて当然だったのねっ」

余計なことを教えちまったなあと思った次第である。

（「本の旅人」〇五年五月号）

二つのマニュアル

ひどい事故が起きてしまった。尼崎《あまがさき》市のＪＲ福知山線で起きた脱線事故のことだ。これを書いている時点で、すでに死者は百人を超えている。まだ発見されていない人もいるから、もっと増えるかもしれない。尼崎の体育館に遺体が安置されているという映像を見ると、十年前の阪神淡路大震災を思い出す。亡くなった方々の名前が画面に並ぶのを、まさか知り合いはいないだろうなと緊張した気分で凝視する状況も、あの時とそっくりだ。ただし、地震とは違って今回は事故である。しかも重大な過失による人災と断定してもよさそうな雲行きになっている。

ただ、現時点では事故原因については結論が出ていないので、ここで無責任な発言をすることは避けたいと思う。その代わりに、この脱線事故の少し前に起きた、ある事故について触れたい。両者の間には一見何の関係もなさそうに思えるが、じつは根本に流れるヒューマンエラーの源は同じではないかと疑うからだ。

その事故とは、東京お台場《だいば》にある娯楽施設で、遊具から男性が転落して死亡した、というものである。ニュースなどでも大々的に取り上げられたから御存じの方も多いと思う。客は遊具の内容はスカイダイビングを疑似体験するという、いわゆる絶叫系のものだ。客は椅子に座ってハーネスとシートベルトを装着する。その椅子が上下動したり、傾いたりすることで、客は恐怖心を味わえるという仕組みになっていた。

事故死したのは足の不自由な男性だった。しかも太っていたのでシートベルトを締められなかったという。だが係員はハーネスだけで安全が確保できると考え、そのまま運転した。その結果、男性は高さ約五メートルの位置から滑り落ち、死亡した。

その後の調べで、じつは男性がシートベルトを締められなかったのは、体格のせいではなく、単に座り方が適正でなかっただけだと判明した。したがって、「本当に太っていて締められない人」よりもハーネスとの隙間が大きく、そこから滑り落ちたのだと推測されている。だが本質的な問題はそんなことではない。肝心なのは、なぜ客がシートベルトを締めていないことを承知していながら機械を動かしたのか、ということだ。

運営会社の人間が記者会見を開いたが、彼等の話から浮かび上がってきたのは、例によって「二つのマニュアル」というキーワードだ。このケースでは、「本社用」と「現場用」

という二種類が存在した。

本社用マニュアルでは、シートベルトを締められない場合や器具などを用いて歩行する人に対して、「搭乗を制限する」ことになっていた。ところが現場用では、客がどうしても乗りたいと訴えた場合、責任者に確認して搭乗の可否を判断するとなっていた。実際、シートベルトを締められない客を何度も乗せており、これまでは問題がなかったのだという。

本社の人間は当然のことながら、現場用マニュアルの存在は知らなかった、と述べている。いかにも「現場が勝手にやったことだ」といわんばかりである。

表向きのマニュアルと裏のマニュアル――二つのマニュアルが存在するのは、この日本では珍しくない。それが最もひどい形で表面化したのは、かつて東海村の核燃料加工会社が起こした臨界事故ではないかと思う。

核燃料という危険物質を扱うのだから、その製造工程には数多くの基準が存在した。一度に取り扱う量、製造手順、製造に使用する器具や機械、それらすべてが厳しく規定されていた。そのマニュアルを遵守すれば、事故は決して起きないはずだった。

だが現場の人間たちは、そのマニュアルを次々に無視していく。まずウラン粉末を溶かすのに、正規の容器を使っていては手間がかかるということで、バケツを利用した。一度に取り扱える量を規定通りにやっていては効率が悪いということで、大量のウラン溶液を一度に攪拌《かくはん》することにした。その攪拌に用いる装置も、本来のものでは仕事がやりにくいということで、別の目的で使用するはずの装置を転用した。これらの行為の積み重ねが、取り返しのつかない臨界事故に発展したわけだ。

なぜ本来のマニュアルは守られないのか。手を抜きたいからだ、という理由はあるだろう。だがそれだけではない。最も大きな原因は、現場の人間が本来のマニュアルを信用していない、という点にあると思う。

私もかつて生産ラインで働いていたことがある。当然のことながら、機械には様々な安全装置がついている。たとえばラインの途中で品物が引っかかった場合、それを取り除こうと安全カバーを開けた途端、機械の動きがストップするという具合にだ。ところがその安全装置が、現場で忙しくしている作業者には鬱陶《うっとう》しくてかなわない。いちいち機械を再起動させるのは面倒だし、ストップしている間、作業がはかどらないという弊害もある。そこで作業者は安全装置を働かないように工夫し、動いている機械の隙間に手を入れて、引っかかった品物を取り除くという暴挙に出る。何度も繰り返しているうちにそれが当たり前になり、やがて裏マニュアル化する。

彼等はいう。

「現場を知らない人間が作ったマニュアルになんか、いちいち従っていられない。あんなものはどうせ、国の基準をクリアするためだけに作られたものだ。作った人間だって、まともに守られるなんて思っちゃいないんだ」

現場で働いていると効率化を求めざるをえない。マニュアル通りにやって効率が下がるのを体感するうちに、どうせこんなものは建前に過ぎないから少しぐらい破ったって構わない、と決めつけたくなるのは人情だ。また、「自分は現場を知っている」というプライドもマニュアル軽視の姿勢に繋《つな》がっていく。

一方、正規のマニュアルを作った側の人間はどうか。そのマニュアルは、国の安全基準を満たした立派なものであるはずだから、どこに出しても恥ずかしくない。それを現場に渡して、「これに従え」と命令すればお役ご免だと思っている。

本当は、それがきちんと守られているかどうかを常にチェックしていなければ、安全対策として万全とはいえないのだが、いつもその部分が欠落していることで事故が起きる。臨海事故も遊具転落事故もそうだし、尼崎の脱線事故もたぶん同様ではないか。

なぜチェックシステムが機能しないのか。私はここに一つの疑惑を持つ。わざとチェックしないのではないか、というものである。

つまり現場の人間が見抜いているように、マニュアルは守られないことを前提に作られており、それの遵守状況をチェックしていたら効率が下がって利益が減ることをマニュアル製作者たちは知っていて、したがってチェックも甘いものになるのではないか。

もしそうだとしたら、役人たちがどんなに安全基準について厳しくしても、おそらく効果はない。マニュアル製作者は、それに準じたものを作るだろう。それを現場に渡して、従うようにと命ずるところまではいくだろう。だが現場の人間が、その命令をおとなしく聞くだろうか。

安全基準の厳しくなったマニュアルは、当然のことながら作業者たちの手足を縛る。すべての作業が繁雑で面倒になるに違いない。効率が落ちるのは目に見えている。

彼等は間違いなく新たな裏マニュアルを作り始める。そしてまた事故は起きる。役人たちがどんなに基準を厳しくしても効果はない。表マニュアルと裏マニュアルの違いが大きくなるだけのことだ。

どうすればいいか。方法は一つしかない。安全重視の姿勢を給料に反映させるのだ。評価の方法は難しいだろうが、それをやらないかぎりこの手の事故は減らない。

もっとも、企業の本音が効率重視、安全軽視だとしたら、もはや打つ手がない。

(「本の旅人」一〇五年六月号)

四十二年前の記憶

ＨＭＶと聞けば、何を思い出すだろうか。何も思い出さない、という人は、ちょっと寂しい人である。あるいは忙しすぎる人か。たまには音楽でも聞きましょう。買わなくても、試聴できるＣＤショップはあちこちにありますよ。

そう、ＨＭＶといえばＣＤショップである。イギリスＥＭＩグループのレコード販売店だ。日本では一九九〇年設立のＨＭＶジャパンの店舗を指す。

そんなこと誰だって知ってるよ、という人、ではＨＭＶが何の略かは御存じだろうか。

答えは、「Ｈｉｓ Ｍａｓｔｅｒｓ' Ｖｏｉｃｅ」。直訳すると、「彼の主人の声」となる。

では「彼」とは誰か。

もったいぶるのは好きではないので、さっさと正解を書く。ニッパー君である。

誰だよそれ、という声が聞こえてきそうだ。そりゃそうだよなあ。周りの人間に訊《き》いてみても、知っている者はいなかった。

ビクターマークを御存じだろうか。一匹の犬が蓄音機のスピーカーに耳を傾けている、というやつだ。あの犬がニッパー君である。で、あのマークの原画につけられたタイトルが、「His Masters' Voice」なのだ。あの蓄音機から出ているのは、彼の主人の声というわけだ。

以上の話を知っている人は少ないと思う。ところが私は四十二年も前から知っていたのだ。当時は五歳である。私の家にはレコードすらなかった。それを聞くための機械がなかったからだ。それなのに、なぜ知っていたのだろうか。

我が家にはレコードプレーヤーはなかったが、テレビはあった。もちろん白黒だが、私にとっては魔法の箱だった。両親が商売をしていたので、ほうっておかれた私は、毎日テレビばかり見ていた。特に外国のアニメ番組が好きだった。

ある日、いつものようにテレビの前に座っていた私の目に、ある映像が入った。やはりアニメだった。だがそれは番組ではなかった。何なのか、当時の私にはわからなかった。

ここから先は私の記憶に基づく記述である。

まず画面には犬と男性が映っていた。楽しそうに遊んでいる姿である。ところがやがて男性は犬のもとを去る。私の記憶では戦争に行ったことになっている。戦闘機に乗り、やがて戦死するのだ。

主人を失って寂しそうにしている彼の耳に、懐かしい声が届く。主人の声だ。主人は戦闘機から無線を使って蓄音機に自分の声を吹き込んでおいたのだ。

犬は主人の姿を探すが、どこにも見当たらない。やがて彼は蓄音機に気づく。そのスピーカーから声が聞こえるので、そこに主人がいるのかと思い、覗《のぞ》き込む。

それが例のビクターのマークなのだ。

我が家にレコードは一枚もなかったが、そのマークには見覚えがあった。近所の電器屋の前に、この犬を象《かたど》った大きな置物が飾られていたからだ。不二家のペコちゃん人形みたいなものである。

なるほどあのマークの由来はこういうことだったのか、と五歳の私は理解した。

その記憶は四十二年間、変わることがなかった。時折、思い出しては、あのアニメをもう一度見たいと思っていた。しかしそれ以後、一度も目にすることがなかった。

小学校、中学校、高校、大学と、友達が変わるたびにこの話をした。同世代の人間の中には、必ずあのアニメを見ている人間がいるはずだと思ったからだ。だが同級生の中で、知っている、と答えた者はいなかった。

社会人になってからも状況は変わらない。次第に私は自信がなくなっていった。あれは夢か何かだったのかと思うようになっていた。

それでこの話をすることもなくなっていったのだが、先日、某編集者と酒を飲んでいる時、久しぶりにこのエピソードを披露した。彼は三十代前半で、四十二年前は生まれていない。アニメのことなど知っているはずがなかった。

当然、彼の答えは、「そんな話は聞いたことがありませんねえ」だった。予想できたことなので別にがっかりはしなかった。

「でも夢や幻という感じでもないですね」彼はいった。「だって五歳やそこらでしょう？夢に基づいて作りあげたお話にしては、よく出来すぎてますよ。仮に東野さんが生まれながらの作家だとしても、ちょっと考えられないんじゃないですか」

「それは俺もそう思うんだけど、じゃああれは一体何だったんだろう」

「わかりました。僕の知り合いにビクターで働いているやつがいますから、今度訊いてみますよ」

その夜はそこまでの話だった。正直いうと、私はあまり期待していなかった。編集者の彼は不誠実な男ではなかったが、酒の話だし、仮にビクターの知り合いに問い合わせてくれたとしても、「知らないな」の一言で終わると思っていた。彼の知り合いなら、たぶん年齢も同じようなもので、あのアニメを知っているはずがなかった。

ところが、である。しばらくして編集者の彼から連絡があったのだ。該当しそうなアニメを見つけたという。CMとして制作されたものらしい。ビクターの知り合いが探してくれたそうなのだ。

「昭和三十八年の作品ですから、時代的にもぴったりです。ただ、内容が東野さんがおっしゃってたものと若干違うようなのですが」

とりあえずビデオテープを送ってくれるということだった。

送られてきたビデオを再生し、ちょっと驚いた。絵柄が私の思い描いていたものとずいぶん違うからだ。私の記憶ではもっと精密な絵のはずだったが、どちらかといえばラフな絵だった。

そしてストーリーも違っていた。CMではニッパー君の主人は最初からいなくて、遊んでいる相手は前主人の弟バラードなのだ。だが前主人のことが忘れられないのか、寂しそうにするニッパー君のため、バラードは蓄音機に吹き込んであった前主人の声を流す。するとニッパー君は喜んでそれに聴き入り、それを見た画家のバラードが、その姿を絵にした――というものだった。

ビデオを見終わった後、首を捻《ひね》った。こんなんじゃなかった、という思いが強かった。絵のタッチが記憶と違っている程度のことは大した問題ではない。重要なのは、ニッパー君の前の主人が殆《ほとん》ど出てこないことだ。戦闘機に乗っていた、なんていう話も入っていない。

おかしいなと思いながら、何度かビデオを再生してみた。やがて、はっとした。そのCMには女性のナレーションが入っているのだが、こういうくだりがあったのだ。

「それ以来ヒコーキから声が聞こえてくるたびに、ニッパー君は御主人だと思って聞くようになったのでした」

ヒコーキ？　飛行機といったぞ――。

だがそれは私の聞き違いだった。ナレーターは「飛行機」ではなく「蓄音機」といっているのだ。録音状態がよくないので「飛行機」と聞こえるだけだ。

しかしこれで謎が氷解した。おそらく四十二年前の私も「飛行機」と聞いたのだ。スピーカーから聞こえてくるのは、飛行機に乗っている御主人様の声、と解釈したに違いない。そして、飛行機に乗って死んだ、ということから戦死を連想したのは妥当なことのように思える。

そうした前提で改めてCMを見てみると、私の記憶と見事に一致していくのだった。五歳の私はバラードさんのことを前主人だと解釈していたらしい。そして絵を描いている彼を、飛行機を操縦している前主人と錯覚したようだ。キャンバスによって上半身しか見えないのが、操縦席から顔を出しているように見えたのだろう。彼がかぶっているベレー帽は、パイロットがかぶる帽子、というわけだ。

間違いなかった。四十二年前に見た映像はこれに違いなかった。

それにしても人間の記憶とは不思議なものだ。錯覚するには理由があり、その理由を探ることは何年経っても可能ということだ。

おまえの知能が五歳の時からあまり変わってないからだ、という突っ込みは、この際聞かないことにしよう。

ところで改めて調べてみると、バラードさんは前主人の弟ではなく従弟《いとこ》らしい。アニメでは、絵を見て感動したビクターの人が、会社のマークにしたということになっているが、実際にはバラードさんが売り込んだそうだ。夢がない話だけど、まあ、現実はそんなところだろう。

（「本の旅人」〇五年七月号）

どうなっていくんだろう?

二〇〇〇年問題を覚えている人は多いだろう。コンピュータに組み込まれている時計の西暦は下二桁《けた》で表されているから、西暦二〇〇〇年を西暦一九〇〇年だと判断し、その結果あらゆるシステムが混乱する、というものだった。おかげで引退したプログラマらが大勢動員され、プログラムの書き換えが一九九九年の大晦日《おおみそか》まで行われた。当時の首相だった小渕さんまでもが、「三日間はなるべく外出しないように」なんていったものだから、旅行客は激減、あらゆる業種が被害を受けた。

某大手コンピュータ・メーカーに勤めていた友人は、「大したことにはならない」と予言していた。マスコミが盛んにいっていた、「飛行機が墜落する」や、「病院の機器が狂う」といった推論についても、なんでそういう予測になるのかさっぱりわからないということだった。

しかし世間は騒いだ。騒ぎを起こした人間の殆どが、じつはコンピュータの素人だったのだが、それを知らずに皆はあわてた。私があるエネルギー関連のシンポジウムに出席した時のことだが、後に代議士になる国際政治学者は、二〇〇〇年問題がいかに危機的なものであるかを延々と述べた後、「年が明けた瞬間から、私は一週間は外に出ないつもりです。そのために食料を備蓄しておきます」と宣言した。彼は年明け早々、事務所のパソコンを立ち上げ、きっと生じているに違いない大混乱に関する情報を得ようとしたが、意に反して大したことは何も起きていなかった。その様子はテレビで放映されたのだが、何も起きなかったことは朗報以外の何物でもないにもかかわらず、彼の表情は冴《さ》えなかった。同様に複雑な心境で二〇〇〇年の正月を過ごした人は少なくなかったはずである。

さて今、似たような騒ぎがコンピュータ・システムの世界で起きつつある。今度は二〇〇七年問題というらしい。といっても、二〇〇七年になった瞬間にその問題が生じる、といった種類のものではなく、二〇〇七年というのは一つの象徴である。何の象徴かというと、ある年代層の引退時期である。その年代層とは、所謂《いわゆる》「団塊の世代」だ。

難しいことはよくわからないが、私なりに二〇〇七年問題を説明すると次のようになる。まず、現在各分野で使われているコンピュータ・システムの中には、何十年も前に構築されたものがベースになっているケースがたくさんある。ところがそのベースについて知っている人間は団塊の世代を中心としたベテランばかりで、若手のIT技術者はよく知らない。なぜそんなふうになるのかというと、細かい理由はたくさんあるのだが、一言でいってしまえば、棲《す》み分けがなされていたから、ということになる。ベテランは、「この部分については俺が一番詳しい。これを若手に伝授したら俺の存在価値がなくなる」と思っただろうし、若手にしてみれば、「過去の遺物の面倒を見させられるのはごめんだ」という心境だったのだろう。そして会社のエライさんというのは大体において、今うまくいってるのならそれでいいや、と油断しているものなのだ。

で、二〇〇七年、そのベテランたちが大量に引退し始める。システムの根幹を知る人間がいなくなるわけだ。二〇〇〇年問題の時みたいに、どういう問題が起きるのか、はっきりしているわけではない。ものすごいトラブルが生じるかもしれないし、もしかしたら何も起きないかもしれない。それすらも予想できないところが、二〇〇七年問題の厄介なところだともいえるのだ。

しかしこの問題は、じつはコンピュータ・システムだけの話ではない。あらゆる業種、特に製造業において、同じような危険性を孕《はら》んでいる。

手作り工芸の世界において、匠《たくみ》の技が伝承されないとどうなるかは、大抵の人なら想像できるだろう。たとえば新潟県の与板町《よいたまち》は、ノミや鉋《かんな》などの刃物を作る鍛冶屋《かじや》の町として知られるが、二十年前に四百人近くいた職人が百人ほどに減った。しかも高齢者が殆どである。「越後《えちご》与板打刃物」は、時間の問題で姿を消す。同じようにして、伝統工芸品といわれているものが、この日本から失われようとしている。

だが多くの人は、そのことが自分の生活に影響を与えるとは考えていない。消えていくのは、それが現代日本には不必要なものだから、という単純な捉《とら》え方をしている。

たしかに伝統工芸品と呼ばれるものの中には、現代科学を駆使して作ったもので代替のきくものもある。しかし伝統工芸品が貴重なのは、そのものに「伝統」があるからだけではない。その中に、職人たちによる知恵と技術が詰まっているから貴重なのだ。そしてその知恵と技術は、その工芸品を作る時だけに有効なものではない。あらゆる分野に、極端な話、ハイテク技術を完成させる際に役立つことだってあるのだ。

実際、神業としか表現しようのない技術を持った人々は、科学製品を生み出す現場にも存在する。発電設備に多く用いられる蒸気タービンは、翼の先端部に耐熱合金のステライトをろう付けし、研磨する。ミクロレベルの微細な加工だが、じつはハイテク機器などではなく、一人の研磨技術者の手作業によってなされている。

同様の匠が、あらゆる製造現場で今も活躍している。これまでの日本の科学製品は、彼等に支えられてきたといっても過言ではない。

長年の経験によって築き上げられてきた技術や知識といったものを、何とか数値化してコンピュータに覚えこませようとする試みは、これまでにも何度か行われてきた。一九八〇年代半ば、AI（人工知能）という言葉が流行《はや》った頃、エキスパートシステムというものが注目された。言葉が示す通り、達人の技をコンピュータ・システムとして構築してみようというものだった。達人自身は「勘」と捉えている部分が多いから、その「勘」の正体を突き止めるKE（knowledge-engineer）なる専門家まで出現した。

しかしこの試みは成功したとはいいがたかった。職人たちの「勘」は、常人の感覚では理解しえない種類のものだからだ。多くの場合、彼等自身にも説明不能なのである。

身近な例をひとつ。私の父は時計職人であると同時に眼鏡士でもあったが、彼は出会った人の目を見るだけで、視力の具合をほぼ見抜くことができた。眼球の形状、何かを見る時の目の動きなどからわかるそうだが、結局のところ、「何となくわかる」の一言に尽きてしまうのだという。

最近ではコンピュータを使った検眼技術が確立され、大した経験がなくてもその人に合った眼鏡を作ることができるようになった。父も、「あれはあれでいい」という。その人の目にとって最適なものが作られていることは事実だから、なんだそうだ。ところが、父の作った眼鏡でないとだめだ、といってくれるお客さんも数多くいる。コンピュータで作られた眼鏡だと、疲れるしよく見えない、というのだ。

最適なものが作られているはずなのに、なぜそういうことになるのか。父によれば、答えは簡単だ。「気のせい」らしい。

じつはよく見えているのに見えていないような気がするだけのこと、というのだ。

しかしこの「気のせい」というやつが、眼鏡作りにおいては無視できない要素となる。

「眼鏡として重要なことは」父はいう。「本人が安心できるかどうかだ。視力検査をするのと日常生活でものを見るのとでは、微妙に違ってくる」

父は眼鏡を作る際、その人がものを見る時の姿勢や目の使い方を細かくチェックする。さらには生活パターンなどを聞き、どんな場合によく見えてほしく、どんな場合なら大して見えなくていいのかをリサーチする。大雑把な言い方をすれば、その人の日常生活に合った眼鏡を作ろうということだ。その結果、大して見えていなくても、よく見えていると本人は感じられる。眼鏡にとって大事なことはそういうことだ、というのが父の考えなのだ。

そしてこうしたノウハウもまた、簡単に人に教えられるものではない。コンピュータのプログラムには組み込めない要素だ。

その父は昨年廃業した。父の眼鏡をあてにしていた人たちは、たぶんこれから困ることになるだろう。あの技術が誰にも継承されなかったというのは、残念なことである。もちろん、なぜ継承されなかったかというと、私のようなものが跡継ぎだったからだ。

(「本の旅人」〇五年八月号)

本は誰が作っているのか

いよいよ最終回である。このコーナーでは科学ネタを拾っていくつもりだったが、振り返ってみるとあまりそれらしきことを書いてこなかった。プロ野球リーグ再編成でお茶を濁しちゃった回もある。まあでも、一応毎回それなりに真剣に考えて書いているので、お許しいただきたい。

で、最後は開き直って、科学とは全然無関係のことを書く。本のことだ。

本は一体誰が作っているのだろう。印刷会社と製本会社の人たち？　いや、そういうことではなくて、誰のおかげで本は作られているのかということだ。

本はただでは作れない。誰かからお金を貰《もら》う必要がある。では誰から貰うのか。いうまでもなく、それは書店で本を買ってくれる人からだ。しかしまだ完成していない本に金を払う読者はいない。

そこで金の経路は次のようなループになる。

読者が書店で本を買う↓その代金が書店等を通じて出版社に入る↓出版社は経費などを差し引いた利益で作家に印税を払う↓作家はその金で生活しつつ、次の小説を書く↓作家は書いた原稿を出版社に渡す↓出版社はそれを本にして書店に配る↓書店に本が並ぶ↓読者が書店で本を買う

本を巡る金の動きは以上である。ほかには何もない。出版社も作家も、書店で本を買ってくれた人のおかげで生き延びている。

たとえば図書館の本を何百人が読もうとも、出版社や作家らには一銭も入らない。

また、ブックオフなどの新古書店で本がどれだけ売れようと、出版社や作家には何の関係もない。

一冊の本が生み出す小さな利益の積み重ねだけが出版業界を支えている。しかもその積み重ねが常にプラスになるとはかぎらない。期待したよりも売れなければ当然赤字となる。そして小説にかぎれば、利益と呼べるほどの黒字を生み出すものはほんの一握りだ。出版社は多くの本を赤字覚悟で出している。売れないとわかっている作家にも仕事を依頼し、

原稿料や印税を支払う。なぜか。

それは未来への投資なのだ。

私は作家の世界というのは相撲部屋と同じだと思っている。

多くの方は御存じだと思うが、相撲取りで給料が貰えるのは十両以上だ。いわゆる関取だ。幕内力士になればさらに給料が増え、三役、大関、横綱と上がっていく。

しかし相撲部屋には十両に上がれない力士の卵がたくさんいる。当然彼らは無給だ。そんな彼らを養ってくれるのが相撲部屋だが、その金は基本的に相撲協会から出ることになっている。

ではその金は誰が稼いだのか。

そりゃあ幕下や三段目だって相撲はとっている。しかし残念ながら多くのお客さんは、彼らの相撲を見るために料金を払っているわけではない。お客さんたちの目当ては、やはり十両以上の取り組みだ。

つまり横綱をはじめとする関取たちががんばってお客さんを呼んでいるから、協会にお金が入ってきて、十両に上がれない力士たちを養える、ということなのだ。

作家の世界もこれと全く同じである。

デビューして間もない頃、私はある編集者とこんな会話を交わしたことがある。私は彼のところで本を出したばかりだった。少ない部数だったが、やっぱり初版止まりで、しかもどうやらかなり売れ残っているようだった。

売れなくて申し訳ない、という意味のことを私がいうと、彼は笑って手を振った。

「東野さんで儲《もう》けようとは思っちゃいませんよ。うちには西村京太郎さんや赤川次郎さんの本がありますから、そっちで稼がせてもらいます。東野さんの本が少々売れたって、その先生方の利益の誤差範囲ですから」

ずいぶんと失礼なことをいう人だと思ったが、今から考えると彼の意見は正しかった。後で試算してわかったことだが、当時の私程度の発行部数では、黒字を出したところで編集者一人の給料を賄える程度だったのだ。

私はたしかに赤川次郎さんや西村京太郎さんに食わせてもらっていた。あの方々がもたらす利益があるから、出版社は私のような売れない作家にも仕事をくれたのだ。いずれこいつも稼げるようになるかもしれない、という期待を込めてのことだ。もちろん私だけが特別に目をかけてもらったわけではなく、同じような予備軍はたくさんいた。相撲部屋に無給の卵たちが大勢いるのと同じだ。出版社は数多くの若手作家に投資し、将来この中から一人でも二人でもいいから赤川次郎さんや西村京太郎さんのような横綱が出現することを期待したわけだ。

それから二十年近くが経ち、私もようやく関取の一人として数えてもらえるようになった。出版社には私の本を売って、どんどん稼いでもらいたい。で、その稼ぎを新人作家たちに投入する。これですべてが丸くおさまるはずだった。

ところがこの二十年の間に出版業界を取り巻く環境は激変した。図書館は利用者のリクエストに応《こた》えて、どんどんとベストセラー本を置くようになり、ブックオフの店頭には発売間もない新刊本が並ぶようになった。

それのどこが悪い、という声が聞こえてきそうだ。利用者や消費者の利益になることだからいいことじゃないか、と。

たしかに好きな本がただで読めたり、安く買えたりすれば、読者としてはうれしいだろう。だが最初に述べたように、図書館やブックオフがどんなに賑《にぎ》わっても、出版業界には一銭も入ってこないのだ。

もちろん、図書館やブックオフの利用者は、それらがなくなったからといって、書店で新刊本を買うわけではないだろう。ただだったり、安かったりするから利用するのだ。そんなことはわかっている。

だが忘れないでもらいたい。図書館にある本やブックオフで売っている本を作るのに、誰がお金を払っているのか、を。

税金もブックオフの売り上げも、本の製作には無関係だ。よく図書館を、「税金で成り立っている」という人がいるが、税金だけでは成り立たない。肝心の本がなければただの建物にすぎない。

この世に新しい本が生み出されるのは、書店で正規の料金を払って本を買ってくれる読者の方々のおかげである。図書館やブックオフに本があるのは、その人たちが出費してくれているからだ。

制度改革についてここで主張する気はない。そんなスペースもない。しかしせめていっておきたい。図書館やブックオフを利用することを、まかり間違っても、「賢い生活術だ」と思ってもらいたくない。そう考えることは、出版業界を支えている購買読者たちへの、とんでもない侮辱である。

（「本の旅人」〇五年九月号）

本書は「ダイヤモンドLOOP」「本の旅人」に
掲載された連載を収録した文庫オリジナルです。

さいえんす？

東野圭吾《ひがしのけいご》

平成17年 12月25日　初版発行
令和７年 10月15日　35版発行

発行者●山下直久

発行●株式会社KADOKAWA
〒102-8177　東京都千代田区富士見2-13-3
電話　0570-002-301（ナビダイヤル）

角川文庫 14056

印刷所●株式会社KADOKAWA
製本所●株式会社KADOKAWA

表紙画●和田三造

●お問い合わせ
https://www.kadokawa.co.jp/（「お問い合わせ」へお進みください）
※内容によっては、お答えできない場合があります。
※サポートは日本国内のみとさせていただきます。
※Japanese text only

ISBN978-4-04-371803-0　C0195

◆◇◇

角川文庫発刊に際して

角川源義

第二次世界大戦の敗北は、軍事力の敗北であった以上に、私たちの若い文化力の敗退であった。私たちの文化が戦争に対して如何に無力であり、単なるあだ花に過ぎなかったかを、私たちは身を以て体験し痛感した。西洋近代文化の摂取にとって、明治以後八十年の歳月は決して短かすぎたとは言えない。にもかかわらず、近代文化の伝統を確立し、自由な批判と柔軟な良識に富む文化層として自らを形成することに私たちは失敗して来た。そしてこれは、各層への文化の普及滲透を任務とする出版人の責任でもあった。

一九四五年以来、私たちは再び振出しに戻り、第一歩から踏み出すことを余儀なくされた。これは大きな不幸ではあるが、反面、これまでの混沌・未熟・歪曲の中にあった我が国の文化に秩序と確たる基礎を齎らすためには絶好の機会でもある。角川書店は、このような祖国の文化的危機にあたり、微力をも顧みず再建の礎石たるべき抱負と決意とをもって出発したが、ここに創立以来の念願を果すべく角川文庫を発刊する。これまで刊行されたあらゆる全集叢書文庫類の長所と短所とを検討し、古今東西の不朽の典籍を、良心的編集のもとに、廉価に、そして書架にふさわしい美本として、多くのひとびとに提供しようとする。しかし私たちは徒らに百科全書的な知識のジレッタントを作ることを目的とせず、あくまで祖国の文化に秩序と再建への道を示し、この文庫を角川書店の栄ある事業として、今後永久に継続発展せしめ、学芸と教養との殿堂として大成せんことを期したい。多くの読書子の愛情ある忠言と支持とによって、この希望と抱負とを完遂せしめられんことを願う。

一九四九年五月三日

角川文庫ベストセラー

鳥人計画　東野圭吾

日本ジャンプ界期待のホープが殺された。ほどなく犯人は彼のコーチであることが判明。一体、彼がどうして？　一見単純に見えた殺人事件の背後に隠された、驚くべき「計画」とは⁉

探偵倶楽部　東野圭吾

「我々は無駄なことはしない主義なのです」——冷静かつ迅速。そして捜査は完璧。セレブ御用達の調査機関〈探偵倶楽部〉が、不可解な難事件を鮮やかに解き明かす！　東野ミステリの隠れた傑作登場‼

殺人の門　東野圭吾

あいつを殺したい。奴のせいで、私の人生はいつも狂わされてきた。でも、私には殺すことができない。殺人者になるために、私には一体何が欠けているのだろうか。心の闇に潜む殺人願望を描く、衝撃の問題作！

ちゃれんじ？　東野圭吾

自らを「おっさんスノーボーダー」と称して、奮闘、転倒、歓喜など、その珍道中を自虐的に綴った爆笑エッセイ集。書き下ろし短編「おっさんスノーボーダー殺人事件」も収録。

さまよう刃　東野圭吾

長峰重樹の娘、絵摩の死体が荒川の下流で発見される。犯人を告げる一本の密告電話が長峰の元に入った。それを聞いた長峰は半信半疑のまま、娘の復讐に動き出す——。遺族の復讐と少年犯罪をテーマにした問題作。

角川文庫ベストセラー

使命と魂のリミット　東野圭吾

あの日なくしたものを取り戻すため、私は命を賭ける——。心臓外科医を目指す夕紀は、誰にも言えないある目的を胸に秘めていた。それを果たすべき日に、手術室を前代未聞の危機が襲う。大傑作長編サスペンス。

夜明けの街で　東野圭吾

不倫する奴なんてバカだと思っていた。でもどうしようもない時もある——。建設会社に勤める渡部は、派遣社員の秋葉と不倫の恋に墜ちる。しかし、秋葉は誰にも明かせない事情を抱えていた……。

ナミヤ雑貨店の奇蹟　東野圭吾

あらゆる悩み相談に乗る不思議な雑貨店。そこに集う、人生最大の岐路に立った人たち。過去と現在を超えて温かな手紙交換がはじまる……張り巡らされた伏線が奇蹟のように繋がり合う、心ふるわす物語。

ラプラスの魔女　東野圭吾

遠く離れた2つの温泉地で硫化水素中毒による死亡事故が起きた。調査に赴いた地球化学研究者・青江は、双方の現場で謎の娘を目撃する——。東野圭吾が小説の常識をくつがえして挑んだ、空想科学ミステリ！

きみが見つける物語　十代のための新名作　恋愛編　編／角川文庫編集部

はじめて味わう胸の高鳴り、つないだ手。甘くて苦かった初恋——。読者と選んだ好評アンソロジーシリーズ。恋愛編には、有川浩、乙一、梨屋アリエ、東野圭吾、山田悠介の傑作短編を収録。